阅读之前 没有真相

午 夜 文 库

———— 鲍勃·莫蒂默作品

小蜜橘谜案
The Satsuma Complex

[英] 鲍勃·莫蒂默 著

高喻鑫 译

致梅维斯：
　　很遗憾地说，老爷子，这件事您当初真该多斟酌几分再动手的。

第一部

1

我叫加里,今年三十岁,在伦敦的一家律师事务所担任法律助理。我独自住在佩卡姆的一间一居室公寓。我所在的住宅区建于二十世纪六十年代,是一处杂乱无章的政府住房,距离我的工作地点只需步行五分钟。我对此很满意。我的身高略低于英国男人的平均水平,有个大鼻子:如果我戴上太阳镜,就显得有点儿滑稽。

如果你碰巧在街上看到我,会发现我总是穿着廉价的灰色西装,搭配白色衬衫和领带(工作日);或者棕色灯芯绒夹克,搭配牛仔裤和T恤(休息日)。在看到我的着装之前,你很可能会先看到我的鼻子。我的头发整洁利落,后面和两侧修剪得很短,偏分的发型看起来像半披着头发。棕色的眼睛呈杏仁形,同一天内既有人说它悲悲戚戚,也有人说它温情脉脉。形容我"泯然众人"有些不公平,但与人擦肩而过就能引起别人注意,也实属罕见。

在伦敦,我唯一真正的朋友是住宅区里的一位邻居。最近的一周,我和一个女孩来往密切,但就在今天的早些时候,这一切都化为泡影。我以为她喜欢我,但事实上我大错特错。我觉得我之前爱上了她:事实上,我确定我爱上她了,而且说实话，我现在仍然爱着她。我心碎欲绝，这是我人生中第一次体会这样的感受。

母亲过去常常告诉我：我拥有丰富的想象力，应该善加运用以消退无聊，为生活注入新的视角和喜悦。她说，如果你能想象出从未经历过的事情，那么当你真正遇到它时，你将更加从容——不仅能欣赏其中的美好，还能坦然应对。尽管公平地说，通常情况下母亲的话是对的；但悲哀的是，目前我的想象力并没有真正给我带来任何裨益。

有些人整天都埋头于智能手机。但我不是。多年来，我一直使用着那台老式诺基亚手机，从未沉迷于任何社交媒体。我不明白那有什么意义：生活中的陌生人已经够多了。因此，每每外出，我都会抬起头，让周围的景象和声音激发我的思维：邻居的争吵（我会想象是和需要更换洗衣机滤芯有关），破碎的窗户（我会想象是孩子操作成人梯子时砸坏的），废弃良久而锈迹斑斑的汽车的车轮拱罩（我会想象那辆车是被一个发疯的葡萄酒商人丢弃的），以及狗对撒落的物品产生的浓厚兴趣（我会想象这些狗的名字是扎克·布里夫克斯和朗西·帕森尼普斯）。

如果这些景象和想法还不够刺激，我会让我的想象力启动更高配置。

比如，当我步行去上班时，我必须穿过蜿蜒于住宅区内低层建筑和高层楼宇之间的各种小道。在住宅区出口附近，有一片大约半个足球场大小的草地游乐区。以前那里曾有一座跷跷板，不过我听说有个孩子从那里掉下来，把脸伤得很严重，跷跷板就被拆除了。很少看到有孩子在这个区域玩耍，可能是因为这里经常堆积着狗屎。说起来，在整个住宅区里都不怎么能看到年幼的孩子：他们肯定存在，但就是看不见。

当我经过这片草地时，经常会有一只松鼠停下脚步，后腿站立，在我身上仔细嗅探。

"嗨，老兄，"我自言自语道，"你的尾巴看起来又饱满又高耸，今天有什么特别的节目吗？"

"谢谢，加里。"我代表他做出回应，"没什么特别的，我遇到了一位我很喜欢的女士，正努力让自己看起来处于最好的状态。你也应该试试。你看起来真是一副乱七八糟的样子——倘若你不介意我这么说的话。"

"我只是要去买个派，没必要穿得那么正式。"

"如果你在甜品店遇到一位漂亮的女士怎么办？你会后悔自己没有多顾及一下形象……到时候你就会想到我，然后对自己说：那个小伙子准备得可真充分。他考虑了方方面面，而我却连想都没想。"

"嗯，很有可能。"我回答，"谢谢你的提醒。那么，你是在哪里认识你的那位新的女士的？"

"你知道吗，正是你所在的位置。她像你一样静静地站着，唱着一首关于皇家邮政或游轮之类的歌曲——说不好是什么歌——因为她的唱功太烂了。但一想到她的美貌，我就被深深打动了。"

"嗯，你看起来很开心，必须说一句，你真是气场十足。"

"是的，一切都在蒸蒸日上。我对你的前景也满怀期待。你应该买些古龙水，或者至少考虑下这类的事。我能闻到空气中的浪漫气息。"

"我会的。回头见。"

我迈着轻快的步伐继续前行，心情愉悦。浪漫的想法对我来说，往往是希望的源泉。

我相信很多人都用这些小小的白日梦和幻想来填补时间的流逝，但我不知道他们是否意识到往生活中注入一点平衡和乐观是多么重要。我现在很需要这样的东西，尤其是考虑到——我的生活看起来几乎是一团糟。

眼下我正坐在车里，要去和一个叫约翰·麦考伊的人见面。这件事让我充满恐慌和畏惧。对我来说，这是一次生死攸关的会面，我只想尽快有个了结。此刻的我被挡住了去路，一个家伙在斑马线上弄撒了一大袋洋葱，又不肯放弃。我沮丧地按了按喇叭，然后默默地向那个男人和每一颗流浪的洋葱道了歉。

让我倒带回去，解释给你们听。

2

大约十天前，我下班后和一个叫布兰登的家伙去喝酒。他一直说要见面，我已经没有借口推辞了。他在一家名为城畔调查公司的私企工作，这家公司是我过去两年供职的律师事务所的客户。我跟他不算熟稔，但每当他来办公室拿文件并找秘书们调情时，我俩总会闲聊几句。他比我大十岁左右，身材瘦小，留着波浪状的偏分发型，给人一种略带都铎风格的感觉。他常常穿着蓝色或灰色的运动夹克，搭配米色高领毛衣；深蓝色的A字形牛仔裤略微高于尖头的棕色皮鞋，总是故意露出一点新奇图案的袜子。他的脸看起来平平无奇，鼻子细而尖，整体效果就像一块卷曲的燕麦片——是的，一种非常燕麦式的外表，让我经常将他和约克郡的士兵联系到一起。

布兰登自认是个搞笑男，如果你喜欢和吵闹的家伙在一起，他或许的确是这样的人。他说起话来滔滔不绝，总是用笑声作为标点符号。即便没有说什么有趣的话，甚至没有试图幽默，他还是会每隔三句话左右就发出一声窃笑或轻笑。他似乎对别人说的话不太感兴趣。我常想，相信自己能吸引别人，这样的意念很美妙，肯定能大大增加个人自信。我总是愿意陪他胡诌八扯，于是他认为我喜欢他。但我只是不讨厌他。

我下班后给他发了条短信，告诉他我会在晚上七点左右到达坎伯韦尔区的格罗夫酒馆。我赶到的时候，看见酒馆入口处的墙边停靠着一辆红白相间的自行车。我脑中闪过一个念头，屋里可能有一位喝醉了的杂耍演员，正随意把他的木柱扔向灯具。我还挺想看看这种事故的后果会是什么。

我走进去，并没有什么杂耍演员，但我一眼就找到了坐在吧台边翻看手机的布兰登。他没有看到我。酒馆里还坐着几个人，气氛总体上安静而友好。吧台占据了房间的一侧，对面是一排弧形的包厢，里面长凳的座椅和靠背都包裹着酒红色的天鹅绒。我突然想道：用"天鹅绒"来命名布丁是个多么好的名字啊。

先生，您对布丁有兴趣吗？

嗯，还可以，你们都有什么？

我们有巧克力橙子的天鹅绒配奶油。

实在无法抗拒，老兄，听起来非常诱人。我要一个。

然后我想到我对布丁并没什么兴趣，更不用说它们的生产过程了，于是这个想法像用过的公交车票一样被我丢在了地上。

我坐到布兰登身边。他开始讲话。

"好了，加里，你要点些什么？酒吧里有你想要的一切——哈哈哈！"

"我要一杯 IPA，谢谢。"

"哈哈哈！酒保！给我这个湿漉漉的朋友来一杯 IPA。"

"不好意思我迟到了一会儿，布兰登，我刚才正跟一个家伙鼓捣法律声明，他突然就大汗淋漓起来。"

"哇，爱出汗的人。这样的人可能不一般——哈哈哈哈！"

"嗯，我也觉得。他一开始好像有些发痒——你知道，在出汗之前。我本想问他有没有事，但发痒这事感觉有些私密，所以不管怎样……"

从他将目光投向我身后的神情中，我看出他对我的故事毫无兴致。他没有像往常一样沉默地听我说，而是打断了我的话。

"没关系的，加里。老实说，我甚至没有注意到你没来——哈哈哈！听着，我有个法律问题要问你。"

"好吧，我知道我在律师事务所工作，但是……"

"对我来说已经够用了。我不是寻求法律建议，只是想到了一个我认为很有趣的司法难题——哈哈哈——所以听好了。你对此有何看法：今天早上，我一个人在主街上的一家咖啡馆外面喝咖啡。旁边的桌子有一对男女，他们看起来有些烦躁——像在闹别扭，可以这么说。我探测到他们关系不太正当——你知道的，外遇之类的——哈哈哈！于是，为了打发时间，我把手机对准他们，开始录制视频——你明白，就是为了刺激。我录了大约二十秒，然后用无线耳机回放给自己听——哈哈哈！可以一清二楚地听到他们在说什么——大概是要去迪拜吃豪华汉堡——但在背景中，还能听到咖啡馆里播放的音乐。我想是酷玩乐团（Coldplay）的歌，也许是绿洲乐队（Oasis）的——这不重要……"

我的思绪游离了一会儿，目光越过布兰登的肩膀望向吧台的尽头。有一位漂亮的黑发女士——看起来比我年轻几岁——独自坐在那里盯着手机，啜饮着气泡饮料。我心里暗暗地承认对她产生了好感，然后把注意力重新集中到布兰登身上。

"那么，我在琢磨的问题是：如果我必须在法庭上播放那段视频作为呈堂证供，法庭是否需要向酷玩乐团或绿洲乐队支付版税？此外，乐队是否可以拒绝在未经他们许可的情况下播放视频？你怎么看，加里？"

"呃，这是一个好问题，但我帮不了你，布兰登。我对著作权法一无所知。我只是帮忙处理房产转让、起草遗嘱、录制声明——诸如此类的事情。"

说话间，我又沿着吧台瞥了一眼，注意到那位黑发女士正直勾勾地盯着我们，同时手里继续摆弄着手机。我心想：虽然她的表情有些阴郁，但她可能对我有兴趣，或者对我表现出的样子有兴趣。

"那么，布兰登，你最近怎么样？手头有一大堆调查项目，忙得不可开交吗？"

"不，不太多了——哈哈哈！几个星期前老板把我从一个大项目上撤了下来。我又回到跑腿去送各种文件、家庭禁令和证人传票的日子了。还有把我们从当地警察那里得到的信息卖给报纸。也开始做些追债的事，这个我还挺得心应手的，我觉得是因为我个子小，看起来人畜无害——哈哈哈！"

"我觉得是因为你的鼻子。"

"什么意思？"

"它太薄了，如果有人打你的脸，他们可能会割伤自己。"

"这算人身攻击吗？"

"算吧。"

"好吧，才没有呢。你到底喝不喝啤酒，大鼻子？——哈哈哈！"

我拿起啤酒，喝了一大口。多年前我第一次尝试啤酒时觉得非常讨厌，但如今却已经离不开它了，就像我离不开咸牛肉和咖啡一样。

"那么，你之前做的那个大项目是什么？"

"不能告诉你，老兄，这是高度机密。"

"去你的吧！来，给些线索。让我猜一猜……是和药店或咖啡连锁店的员工欺诈有关吗？"

"不是，你这个连边都不沾——哈哈哈！"

"是名人离婚案？所以你要在妻子常常出入的健身房附近闲逛？"

"不是，听着，不能说，其实你也不会想知道。这件事已经给我带来了不少麻烦——牵扯其中的人都是十足的浑蛋——咱们别提这个了。"

他的表情告诉我，这个话题确实结束了，我注意到在这轮交流中他一次也没有笑过。他似乎有些慌乱，坐立不安：那种自负的气焰消失了。我不是故意让他为难，事实上我觉得自己有些浑蛋。

我把话题转移到足球，他把话题转移到我们公司秘书的私生活；我把话题改成电动车，他又把话题转移回秘书。然后我去了洗手间。

我站在最喜欢的小便池前，突然悲从中来。我已经在伦敦待了近两年，却仍然没有真正建立起任何有价值的关系。在工作中，我独来独往，躲在办公室里，从不跟同事社交。除了案子和有关客户及法庭工作人员的八卦之外，我们之间毫无共同话题。我意识到，这家酒吧是我社交生活的起点和终点。

我听到从酒吧另一侧吧台传来的闲聊声和水果机的声音，那是我通常落座的地方，我是那里的常客。在大屏电视播放足球比赛的晚上，我经常会去酒吧看比赛。我总是坐在一个叫尼克的人和他的朋友安迪旁边。他们从未主动邀请过我，都是自然而然的，因为只有吧台尽头的三张凳子才是看电视的最佳位置。我们的聊天内容主要围绕足球和工作。比赛结束后，他们通常就速速喝完酒回家。我甚至不知道他俩具体住在哪儿。我把手伸进口袋找手机，想查下当晚有没有比赛转播，却发现我把手机落在办公室了。

那位黑发女士的脸浮现在我的脑海里：她非常漂亮。搬到伦敦以来，我还没有谈过恋爱。我曾经带过公司里的一位秘书去吃咖喱，但在回家的出租车上，我们俩都出了一身汗，于是我当场放弃了原计划。自那以后，我们彼此都小心翼翼。我仅有的另一次约会是在一年前，我和一个从交友网站上认识的姑娘相约在当地一家酒吧餐厅见面。她的个人资料看起来挺不错的，我俩在网上也聊得火热。然而，当她出现时，她带来了我在女性身上见过的最庞大、最强壮的手臂。她整体上矮小纤细，但她的手臂完全可以和重量级拳击手相匹配。她对握力和扭矩的概念钟爱不已，并无休止地吹嘘自己的力量与体重比。这样过了半个小时左右，我去了趟厕所，之后通过侧门溜出了餐厅。不幸的是，她预测到了我的行动。当我踏上人行道时，她正在那里等着我。她骂我浑蛋，然后把我抬到一辆停着的路虎车的车顶上，接着一边打着空拳，一边走进了夜色中。那晚过后，我再也没有使用过交友网站。

当我爬回布兰登旁边的吧台凳上时，那位黑发女士已经不在吧台边了。我瞬间有些慌张，但很快就发现她已经坐到了一间天鹅绒的包厢里。我看着她从棕色皮革斜挎包里拿出一本书开始阅读。她似乎立刻被书中内容吸引了。独自坐着看书的女孩会让一些人感到兴致盎然，但我不同。在我看来，这总显得有些做作，甚至有点儿俗气。我是觉得，读本书有什么大不了的？那可能只是一本关于未来军事鸭子的胡说八道的书罢了。她的饮料快喝完了——也许她很快就要到吧台来了。我坐到那里时，布兰登已经把他那只廉价的仿皮公文包放在了吧台上。他正在摆弄着黄铜漆的锁扣，想要合上。

"公文包不错，布兰登，你对它满意吗？"

"啊？嗯，还行，挺实用的。"

他似乎又紧张起来，手指颤抖着试图抓住铜扣。在他合上公文包之前，我偷瞄了一眼里面的东西：一沓便利贴、一个手机充电器、四五支用橡皮筋绑在一起的圆珠笔、一部手机、一把梳子和一根小黄瓜。

"为什么需要两部手机？你的生活一定很复杂。"

"才不是——一部是工作手机，另一部的号码我只给了一部分人。你懂的，那些我可能真的想一起聊聊天的人。"

"给我的是哪个？"

"工作的，我想的是：这样我就可以作为公费去报销了。"

"听起来蛮合理。"

"那什么，加里，不好意思，你在洗手间时我接了一个电话，我得赶紧走了。实在推不掉，我必须去见那个男人——是我们的一个客户。"

听到这个消息，我内心深处无比高兴。

"太遗憾了，老兄。不过，工作就是工作。我没事。另一边的吧台今晚可能有比赛。我可以去和朋友一起看。"

"是的，你应该去。听着，加里，谢谢你来跟我喝一杯。我们下次再聚。很抱歉我不得不先走了。"

"完全没关系。"我回答。

"那个，下周我能去你的办公室取一下你帮我保管的那些文件吗?"

"可以呀,事先给我打个电话就好,我会把文件放在前台。"

"好啊。嘿,我给你留一下我的主号,那个是我总接的电话。随时打给我,我们找时间好好喝一杯,补偿一下今晚。"

布兰登在他的便利贴上写下一串数字,塞进我的外套口袋里。他拍了拍我的背,然后走出门去。自打我从洗手间回来,他就一声笑声都没发出过了。

我很高兴他走了:这是一种解脱。我相信那位黑发女士应该对我有些兴趣。我又点了一杯啤酒,顺便问了下酒保今晚另一边的吧台有没有比赛——他不知道。我从酒吧菜单上点了牛排和薯条,其间,那位黑发女士从座位上站起身,走到离我几码远的吧台中央,点了一杯起泡白葡萄酒。一阵紧张的战栗在我体内蔓延开来,接着我发现自己正盯着她的鞋子。那是一双漂亮的酒红色马丁靴,配有深蓝色的鞋带。她把鞋带系成了双蝴蝶结,两个蝴蝶结的圆圈大小和长度完全相同,看起来非常优雅。我不喜欢高跟鞋,认为它看起来既痛苦又做作。这双鞋是一个好的开始。我移开目光,喝了一口啤酒。

当她看着酒保准备饮料时,我有了更好的时机端详她的容貌,我借机站到了她身边。她身材娇小,大约一米六八,穿着浅蓝色牛仔裤和卷领黑色毛衣。她的斜挎包仍然搭在腰侧。浓密的头发及肩,额前有一道整齐的刘海儿。我看不到她的眼睛,但猜测是棕色的。她大概是一位老师或餐厅经理,甚至可能是做与陶器有关的工作。她比我原本以为的还要漂亮。我希望渺茫。

当她离开吧台要返回座位时,她有意地朝我的方向绕了个弯。这是一个成心为之的蜿蜒,绝不是喝醉了。我低下头看着我的啤酒。

"你的朋友抛弃了你，是吗？"她问。

"是……呃……是的，确实是。你看得真仔细。"我鼓着腮帮子悻悻地笑着回答。

"好吧，没关系，这个地方挺好的。"

她微笑着走回座位。我是否应该回应她的友善，走到她的座位旁？这个想法让我充满恐惧。我从来都不擅长与陌生人交谈，尤其是异性。我需要想出一句合适的开场白。我设想如果我俩角色对调，什么样的话会对我有效。——比如："你更喜欢平道还是坎路？""你希望 Sports Direct① 也出售鲜肉吗？""你在工作中有没有需要用到止血带的时候？"鉴于出色的想象力，我会对这些问题做出很好的回应。不过，不是每个人都可以，还是保守一些比较好。我可以聊她的鞋子，问问她是否觉得它们很合适。或者问她有没有觉得饮料里的气泡让她感到青春洋溢且充满活力。啊，去他的，我就坐到她附近，把主动权交给她吧。

我拿起啤酒，漫步到她所在的半圆形包厢。包厢旁边有两张小木桌，我把啤酒放到空着的那张上。我落座时她抬头看了我一眼，我向她快速地微笑一下，然后别过脸去。我把自己安置在离她大约一米多的地方——这似乎是陌生人之间应该保持的礼貌距离。

"吧台的凳子是太硌屁股了吗？"她问。

我假装表现出很惊讶的样子——甚至是震惊——包厢里竟然还有一个人。

"哦，嗨。抱歉。有些走神。没太听清你说什么？"

---

① Sports Direct，欧洲最大的运动和健身鞋、服装和设备零售商。

"我只是说，吧台的凳子是坐着有些硌屁股吗？"

"不，一点也不。哦，我明白了……嗯，是的，有一些……"

"你更喜欢德拉纶的奢华……"

"是的。"我一边抚摸着长椅上的布料，一边说道，"我喜欢叫它天鹅绒，这样听起来就不那么简陋了。"

"天鹅绒。我从没听过这种叫法。听起来有些像布丁，不是吗？还是冷冻的那种，但很有格调。"

"千真万确，一针见血。我之前就是这么想的。我一般不怎么喜欢布丁，但愿意为巧克力橙子天鹅绒破例。"

我俩都笑了，她的笑声显得有些勉强，而我则带着一点儿不必要的夸张。接着就是一阵尴尬的沉默，我觉得有必要打破它。

"那个，你在读的那本书，是关于鸭子的吗？"

"说实话，我并没有真的在读。它只是一个道具，为了阻挡陌生人来搭话。"

"该死，对不起，我真的只是想给屁股找个更软的地方。我会闭嘴的。"

"不，我不是那个意思。我接近过你，记得吗？其实，我很高兴和你聊天。我也不喜欢布丁。"她的鼓励让我大吃一惊，于是我又回到鸭子的问题上。

"那么，这本书是关于鸭子的吗？"

"不，这是一本正经书，所以没什么有趣的东西。但确实是个不错的道具，封面看起来很严肃。"

那是一本很厚的精装书，当她把封面转向我时，我看到了书的标题——《小蜜橘谜案》。书皮是深蓝色的，封面中间有一个大大的蜜橘，里面有一只松鼠的剪影：看起来糟透了。

"封面上有一只松鼠,所以谁知道呢,他也许有一些鸭子朋友。"我提议道。

"你想读读找出答案吗?"她把书放到我的桌子上。

"不用了。说实话,我不是很喜欢读书,如果最后没有鸭子,我不知道我能不能承受住那种失望。"我把书放回她的桌子上。

这时,酒保端来了我在吧台点的牛排和薯条。盘子上有一层明显的油膜,刀叉的手柄末端都少了一小块木头。我本想再要一套餐具,但不想让她觉得我是个浑蛋。如果你想让别人喜欢你,那可是个冒险的举动。

"不好意思,我要饿死了——下班之后一直没吃东西。你不介意我有些狼吞虎咽吧?"我问。

"一点儿也不介意。我喜欢大快朵颐的人,我觉得这样的人心态很好。"

"你要吃根薯条吗?或者两根?想吃多少就吃多少,只要你不拿那根炸焦的长薯条就行。"

"不用了,谢谢。"她回答。她脸上的表情似乎在暗示她真的很想尝一根我的薯条。我赶紧把那根长薯条吃掉,生怕她突然抢走。

"嘿,和你在一起的那个家伙,我看见他离开前在你口袋里放了些东西。他是你的毒贩吗?"她问。

"才不是。我唯一的毒品只有派和巴滕堡蛋糕。他只是给了我他最常用的电话号码,把我从'工作联系人'晋升为'家人朋友'。所以我现在有三个朋友了——尽管我只有其中一个人的电话号码。"

"你认为这次晋升后你们会更频繁地通话吗?"

"不,我保持怀疑。"

"你是怎么认识他的?他是你的情人吗?还是你的司机兼情人?"

"都不是。我的司机一记重拳打破了我情人的脑袋,于是我不得不解雇了他。"

她笑了,这一刻感觉意义非凡。随着一声轻微的咯咯笑,我胃里的紧张感消失了,那笑声仿佛是它们离开的标志。

"那么,快说,你怎么认识他的?他看起来跟你不是一路人。"

"说实话,我跟他不熟。他只是我在工作中偶尔遇到的人。在办公室外基本没见过。他刚才突然要离开,我还挺高兴的。"

"嗯,我也是。"

她能这么说真是太贴心了。

"你确定不吃根薯条吗?"我问。

"不要,尤其那根长的已经没有了。"

我大口咀嚼着牛排,我们的谈话不可避免地慢了下来。我强烈地感知到了这一点,于是决定冒险谈论一些私人话题,好让聊天重新回到正轨。

"我早些时候在吧台见过你,我猜你可能是一位老师。你知道,你带着书,穿着马丁靴,喝着起泡酒。我猜得靠谱吗?"

"不,完全不靠谱。"

"那我可以再猜一次吗?"

"请便。"

"你的工作和陶器有关吗?就是——制作、售卖、研究、进口。你是从事陶器行业的吗?"

"你为什么这么想?"

"主要是因为你的刘海儿。我觉得几何样式的发型和艺术是分不开的。你知道,像大卫·霍克尼、菲利普·奥基、简·布里尔都是,而马丁靴又散发出更具工艺性的艺术氛围。"

"简·布里尔是谁?"

"我也不知道,但这个名字听起来挺真的。"

"我跟你说,我从十几岁就开始穿马丁靴了。"

"我喜欢马丁靴,搭配袜子很好看,而且可以传达出对事情的认真态度。"

"嗯。我的床上也没有那些毛绒玩具,你知道吧。"

"我的也没有。那么,你是做什么工作的?"

"我之前在布莱顿经营一家餐厅。"

"我就知道。"

"但大约四年前转手了。我现在居家工作,在 eBay 上卖东西。"

"卖鸭屎吗?"

"目前还没有,但如果它成为潮流,我肯定会考虑的。我主要卖中古服饰、设计师服装、中世纪灯具、装饰品之类的。都很好卖。我挑畅销品的眼光很好。"

"我这身衣服,你会出多少钱?"

她上下端详了我一番,打量着我几年前从德本汉姆买的深灰色西装,从玛莎买的棉质白衬衫,以及从其乐买的棕色麂皮沙漠靴。

"八英镑。"她宣布。

我们俩都笑了:主要是因为我们之间的默契。

"我还是第一次坐在酒吧的这一侧。"我说,"我通常是在有足球比赛时来这里,和朋友们在另一侧的吧台看比赛。你喜欢足球吗?"

"不，但我喜欢观察那些看足球的人。看足球会让他们展示出最好和最糟的一面。把他们变回小孩，也就是他们常常试图隐藏的自己。"

我突然想到了什么。

"等一下，我进来的时候，看见门口有一辆自行车锁在路障旁边，车身全是红白相间的条纹，就像是《绿毛怪格林奇》或者《威利在哪里？》里的车子。我打赌那是你的，对吧？"

"是的。不过你是怎么知道的？"

"我想象力超群——问问我妈妈就知道了——当看见那辆自行车时，我就在想，谁会拥有这样的东西呢？要么是个该死的杂耍演员，要么就是个像你这样的姑娘。在这种事上我很少出错。顺便说一下，那辆自行车不错。你对它满意吗？"

"满意，它太棒了。就像今晚，我只是想找一个我谁都不认识，也谁都不认识我的地方。于是我骑着自行车，发现了这里。我就住在格兰奇住宅区，只有约八百米远，所以这里再完美不过。"

再完美不过的其实是你。这是我内心想说的话，但是，当然，我没有说出口。我们又接着聊了几个小时，她的每字每句都深深打动着我。我向她介绍了我的工作、我的小公寓，还告诉了她有一次因为我让一个无家可归的人在我们家的车库里睡觉，被我父亲用皮带揍了一顿的故事。她给我讲了她长大的海滨旅馆，以及她曾经发现她父亲试图在客房里和一位客人发生关系的事。我告诉她我曾经在足球比赛中罚出一个任意球，球的飞行轨迹如此美妙，以至于裁判吹哨，坚持暂停比赛做祷告。她告诉我，她十几岁时，和一个朋友在布莱顿西码头的木板上喷涂上了他妈的给我闭嘴！的字迹（显然，现在还可以看到他们努力清除后木板上仍残留的褪色痕迹)。我告诉她我在曼彻斯特学习法律时,租住的床位的房东每个星期日晚上都来收租,要求我选一张专辑播放完,而他则坐在屋里唯一的椅子上听着音乐,吃着花生。除了在音乐结束后表示感谢之外,他一句话也不说。她告诉我有一次她在新年前夜去电影院看迪士尼版的《罗宾汉》——她是整场唯一的观众。放映过程中,一名工作人员给她送来免费热狗和可乐,并同情地拍了拍她的后背。她说那是她度过的最好的新年夜。

我吃完牛排和长薯条后,她去洗手间的时候顺路把我的空盘子带回了吧台,这个举动让我觉得非常感人和温暖。她再也没有看过她的书——最终我坐到了她的旁边,而不仅仅是她的附近。十点半左右,我问她要不要最后再喝一杯。我不知道我是应该管她要电话号码,主动提出送她回家;还是应该只是道别,期待有机会再见面。多喝几杯是推迟抉择的最好办法。她想再喝一杯起泡葡萄酒,于是我挤过喧嚣的吧台,点了我们的酒水。

然而,我从吧台转身拿着饮品回到包厢时,发现她已经不在座位了。她的书还在桌上,所以我以为她去了洗手间。五分钟过去了,她还没有回来——我猜她可能出去抽烟了,于是走到门口去看了一圈。她不在,威利的自行车也不见了。我很沮丧。回到座位后,我一边喝着啤酒,一边翻来覆去地回想着我们之间的对话。我做了什么让她不高兴的事吗?我想不出任何一个时刻或任何一句话会让她感到不安。也可能,或许不是因为我说了什么或者做了什么——只是我高攀不上她。毕竟,这是我的第一反应,应该始终谨记这一点。但是,她把书留在了桌子上——也许是给我的告别礼物?书是摊开的,正面朝下放在桌上。我拿起来，她在翻开的页面上圈出了也许鸭子知道洞穴的秘密这句话。她在书页顶部写着：你不会失望的——哈！我把书塞进公文包，离开了酒吧。

走回家的路上，天开始下雨，人行道散发出煎饼糊的味道。我既沮丧又兴奋。我遇到了这个了不起的女孩，那种成就感让我头晕目眩，然而我却停在原地、毫无进展，一个人孤零零地走回我的破公寓。走进所住的住宅区时，我在游乐区停了下来，想看看我毛茸茸的朋友在不在附近。我虽然没看见他，但听到在大山毛榉树树干后面有什么东西在树叶中发出窸窸窣窣的声音。我在黑暗中简短地聊了起来。

"好吧，加里。你又一个人了，老兄？"我代表那位隐藏着的朋友问道。

"嗯，看起来是这样。不过我遇到了一个女孩，我真的很喜欢她。"

"你要到她的电话号码了吗？或者约好了跟她再见面？"

"没有，她消失了。"

"听起来她是走了。我觉得你应该思考一下，问问自己到底哪里做错了。"

"我没有做错什么，只是，嗯，可能没有打扮得体……我记得你说过我的情况正在好转？"

"是的，加里，但你让事情变得不易。你需要更加自信，想想你所拥有的积极品质。你能不能多花点时间想想呢？"

"好的，我会的。你怎么样了？"

"像坚果一样甜。晚安。"

"晚安。"

3

第二天是星期六，所以我犒赏自己睡了个懒觉。一睁眼，那位黑发女士的画面便充满了我的脑海。她的鼻子小巧玲珑，是那种小小的纽扣鼻，鼻尖微微翘起，从正面可以看见鼻孔。这样的鼻子会让一些人看起来像只刺猬，但在她身上却完全不会。她有一个可爱的怪癖，就是要笑的时候会把手背贴在嘴边，而且她很爱笑。她的刘海儿左侧与头发主体相接处有一小撮卷发，当我建议将这个小卷称为"切帕基迪克"时，她甚至笑出声来。她还有一个习惯，在倾听时会将毛衣袖口攥在紧握的拳头里。

该死，我真想再见到她。但我甚至连她的名字都不知道。在我看来，她可能是莎拉，也可能是露西。我意识到，我应该给她起个名字，最终我选定了"蜜橘"，这是她留给我的那本书的名字。我翻到她写了字的那页，你不会失望的——哈！她的笔迹有些花哨，在沉闷的书页上像是一朵小窗花，增添了一丝趣味。她在书页上的文本中间画的圆圈简直是漫不经心的艺术之作。我在想我是不是应该买双马丁靴——她可能会喜欢。

最终，我在上午十一点左右起床了。一个小时后，我要去邻居格蕾丝家，我们固定在周六中午一起吃饭聊天，所以我得赶紧行动起来。我环顾了一下我的公寓。它跟过去两年里的每一天一样，看起来非常凄凉。公寓里有一间带浴室的卧室，一间客厅和一间厨房。由于位于三楼，我可以越过窗外的花园和树木，俯瞰后方的佩卡姆主街。卧室除了地板上的一张床垫、一个缺少轮子的衣架和一盏老旧的维多利亚式台灯外，什么家具都没有。客厅里也只有一张绿色帆布双人沙发，一台电视和一张旁边摆了两把塑料餐椅的小桌子。我仍然过着学生一般的生活。

我正要去格蕾丝家，突然响起了敲门声。我打开门，站在门口的是两个看起来像在休班的警察。是的，他们确实是警察，但并没有在休班。

"你好，先生，很抱歉打扰你。请问你是加里·托恩吗？"

"是的，我能帮你们什么？"我回答道，无法掩饰内心的紧张。我一向不善于应对权威。小学时校长在办公室对我怒气冲冲地大喊大叫，吓得我鼻血直流，手心冒汗。从那之后，我就一直不敢跟权威人士打交道。

"我是考利督察，这位是威尔莫特督察，我们来自佩卡姆刑事调查部。我们能进来谈谈吗？"

"当然可以，请进。是为了什么事？"

我坐到沙发上，威尔莫特和考利仍然站着。从他们的表情可以看出，他们对我家里缺乏舒适感的状况不以为意。威尔莫特穿着一件深绿色的厚夹克，领子是棕色灯芯绒，有种佩卡姆街头的乡村风格。衣服前面的两个口袋布满油污。从他的体形判断，估计是油酥饼或香肠卷的渍迹。他的脸圆圆的，稍显苍白，有些浮肿。黑色的头发稀疏地分在两侧。在脸的下方，是一件淡蓝色的涤纶衬衫和一条破旧的领带。他的胸膛像水桶一样，啤酒肚里睡得下四只成年鸽子。然而，他的腿瘦得像棍子似的，导致深褐色的裤子难以找到皮肤停留。这种身材形态非常符合服用类固醇药物患者的特征——我猜是类风湿性关节炎。

"这是你的房子吗？"威尔莫特问。

"我租的，但算是我的地方。我在这里住了大约两年。"

"我能问下你昨晚在哪儿吗，加里？"

"当然，我在格罗夫酒馆。下班后我直接去那里见了一个朋友。"

"从酒吧出来就直接回家了吗？"

"是的，我一个人走路回来的，到家时大约是十点四十五分。不好意思，你能告诉我为什么问这个吗？"

"你去见的朋友叫什么名字？"

"布兰登，布兰登·琼斯。我们是工作时认识的。"

"琼斯先生是和你一起离开的吗？"

"不是，他很早就离开了，估计是在七点四十五分。你能告诉我发生了什么事吗？"

"很遗憾地通知你，托恩先生，你的朋友琼斯先生昨晚被发现身亡。我们正试图掌握他最后的行踪。根据我们的调查，你可能是最后一个见过他的人。"

"该死……可怜的家伙。听到这个消息我很难过。他怎么了？你们在哪里发现他的？"

"你不需要关心那个。如果不介意，请回答我们的问题。"

沉默的考利督察坐到我旁边。他的大腿很粗壮，把银灰色休闲裤的接缝都撑开了。我能感觉到它们靠在我腿上传来的热度。这个动作既显得过于亲密，又带着一丝威胁。我觉得他更像森林里狡猾的那种族类。他的头发是乡村风的姜黄色或金黄色，剪得只剩两厘米左右。一只耳朵明显向外张开，下排牙齿东倒西歪地散布在牙龈上，每一颗都在争夺好奇观众的注意力。我猜测他最近可能蓄过胡子，因为他的上唇是白的，与其余粉红色的脸部肌肤形成了鲜明对比。用"阿谀逢迎"描述他再恰当不过——他说话语调有些高亢。我迫切地希望他能把他热乎乎的大腿从我的旁边移开，但我不敢开口。

"听着，加里——你不介意我叫你加里吧？在这类调查中，最重要的是梳理时间线。你明白我的意思吗，加里？"

"嗯，我想我明白。我能问一下，你说到'调查'，是因为发生了什么可怕的事吗？他被撞了还是什么别的？"

"听好，现在尽量把注意力集中在那个非常重要的时间线上。告诉我们你昨晚的情况，越详细越好。你说你下班后直接去了酒吧。加里，你的工作是什么？你是做什么的？"

"我在佩卡姆主街上老银行商会那儿的塔兰特律师事务所里做法律助理。"

"我对那家事务所很熟悉——可靠、有声望。你的工作一定非常有趣。你和布兰登·琼斯是在那里认识的吗？"

"对，他在一家私人调查公司工作，会帮我们追踪证人、送达禁令、传唤证人——诸如此类的事。"

"你平时常和琼斯先生来往吗？"

"没有来往。其实，昨晚是我第一次和他一起私下喝酒。他一直约我，我已经没有托词了。不敢相信他已经不在了——我怎么也想不通……"

"嗯，加里，失去一个熟人确实令人难过。你几点下班的？"

"七点整。我走路去的坎伯韦尔的格罗夫酒馆，到的时候估计是七点十五分。布兰登已经到了，就坐在吧台边。"

"然后呢，加里？接着发生了什么？"

"我们聊了一会儿。我想我们喝到了第二杯啤酒。大约七点四十分，我去了一趟洗手间，回来时他说接到了客户的电话，不得不紧急离开去见那个男人。"

"确定他说他要见的是一个男人，对吗，加里？"

"是的，我确定他说了。他没说名字，但他说了是个男人。"

"你肯定他没有告诉你那个男人的名字或关于他的其他细节？"

"肯定。"

"他被发现时身上没有手机，但你说他在酒吧时拿了一部手机？"

"对，其实是两部，他的公文包里还有一部。"

"我们也没有找到公文包。能给我们描述一下吗，加里？"

"红棕色仿皮材质，黄铜效果的锁扣，带有手柄。公文包样式。便宜货，可能四五十英镑。看起来还挺新的。"

威尔莫特已经在谷歌图片上搜索了便宜公文包。他向我展示了搜索结果中的前几个，其中一个几乎一模一样，标价四十九点九九英镑。

"对，就像那个。可能就是那个。他提到他对它非常满意。"

考利的大腿稍微挪走了一点，也许只有一两毫米，但足以让我腿上的汗毛喘口气。我趁机把腿移开了少许。他迅速转动了一下较大的一只耳朵，然后有点戏剧性地呼出一口气。在他这么做的时候，他的大腿更加紧密地贴在了我的大腿上，我再次感到了大腿幽闭恐惧。他转过身来看着我的眼睛。

"你确定他离开酒吧时带着这个公文包吗？仔细想想，加里。这至关重要。"

我假装向窗外回忆性地瞥了一眼，然后回答：

"非常确定。我现在还能想起他右手拎着那个公文包，摇摆着胳膊离开酒吧的样子。"

"好的，加里，非常好。现在告诉我，琼斯先生离开酒吧时是什么状态？他看起来焦虑或者担忧吗，加里？"

"没有，他很好。我觉得他对必须提前离开有些不爽。但是，没有，他看起来和平常没什么两样。我不太了解他，但是，确实，没有什么不正常的。"

"布兰登给过你什么东西吗，加里？有没有文件、笔记本或日记之类的东西？"

"没有，我说了，我们只是见面喝一杯，与工作无关。"

"那你俩聊了些什么，加里？"

"呃，我记得有一阵他对一个问题非常感兴趣：一段对话的视频中背景里有版权音乐的话，是否需要得到艺人的录音许可才能在法庭上作为证据。我们还聊了一会儿足球，聊了一会儿电动车，他也问了不少关于我们公司秘书私生活的问题。"

"他有没有提到他正在处理什么案件？"

"没，没聊什么具体的案件。我问他工作怎么样，他只是说他在做一些平淡无奇的常规工作。"

"那么，布兰登七点四十五分离开之后你做了什么？"

"我和一个女孩聊了起来，我们闲谈了一会儿，然后我点了牛排和薯条。我们越聊越起劲，后来我去吧台的时候，她突然就消失了。我猜她是在找借口逃走，但又没有勇气当面告诉我。"

"她叫什么名字？"

"我不知道她的名字。事后我决定叫她'蜜橘',因为这是她在读的一本书的书名。"

"我猜一下——是那本所有人都在读的《小蜜橘谜案》吗?"

"是的,就是那本。你读过吗?"

"我刚开始看,加里,但我必须说我觉得那本书烂透了。"

"你甚至连鸭子都不喜欢?"

"我想就是当那些浑蛋玩意儿出现的时候,我就放弃了。"

威尔莫特截过话头:"这个女人长什么样?你能描述一下吗?"

"中等身高,大约一米六八。黑色的及肩发,额头上有非常整齐的直刘海儿——就像简·布里尔那样。她穿着浅蓝色牛仔裤、黑色毛衣,还有一个可爱的朝天鼻。"

威尔莫特浮肿的脸上露出了一丝狡黠的微笑。我第一次注意到他的两颗门牙比其他牙要白得多。这符合我关于他使用类固醇的推断。这类药物会损害支撑牙齿的骨骼。或者也可能是考利在他对着自己的烤肉串打嗝时揍了他一拳。

"听起来你对她相当着迷。可惜她对你没有同样的感觉。"威尔莫特说话间,一只手伸下去调整了一下裤裆的位置。

"听着,加里,由于你可能是最后一个见到他的人,我们也许需要再找你交流。我可以记下你的电话号码吗?"

我一边给他写着我的号码,一边问:"你刚才说'发现了他的尸体',我还以为他是被车撞了或者心脏病突发之类的?"

"没有,我们从没这么说过,加里。就像我说的,保持联系。哦,最后一个问题:简·布里尔是谁?"

"我不知道她是做什么的,但她以刘海儿而闻名,她的刘海儿既直顺又奔放。"

"从没听说过。"考利说。

"我知道她。"威尔莫特说,"一个法国女人,经常救助大猫和猴子。"

考利向他的搭档示意离开,他们走到外面后,默默地关上了身后的门。

我松了一口气,他们终于走了。我发现自己出了一身汗,于是深吸了几口气,朝窗外望去,凝视着外面的主街,让自己的心情平静下来。我想到了可怜的布兰登,不敢相信再也见不到他了。

我一直对他心怀感激,因为他曾经帮过我一个大忙。作为工作的一部分,我偶尔会为客户办理房屋买卖,尽管只是非常简单的事,实际上不过是填表格的工作。不幸的是,在一个案子里,我忘记让客户签署一份非常重要的文件——实质性的抵押贷款契约。在法律效力上,这意味着客户没有实际支付抵押贷款的义务。对他来说再好不过,但对于律所来说,这意味着将被建筑协会起诉要求支付抵押贷款的全部金额;而对于我来说,则意味着必然被解雇。我需要在不引起购房者任何怀疑的情况下,让他签署完那份表格。向工作中的任何老板承认这个错误都太冒险了,于是我和布兰登简单说了这个事。

"哈哈,你真是搞砸了,你这个懒汉——哈哈哈!"

"是啊,我知道,布兰登,你觉得我该怎么办?你是个摸石头过河的人,能不能想出点办法?你得帮帮我,否则我就要失业了。我会像个傻瓜一样被扔到街上。"

"是哪家建筑协会?"

"利兹永久协会。"

"利兹的金融人士都穿什么,该死的工作服吗?哈哈哈!"

"我不知道,也许是礼帽和风衣?为什么问这个?"

"因为这件事很简单。我穿得正式一点，跑到这户人家去，说我是从建筑协会来的。先给他们灌个迷魂汤，问他们适应得怎么样，对我们提供的服务满意吗，还有没有其他我们可以为他们做的，然后让他们签署个'最终手续'的文件。他们完全不知道自己在签什么，相信我。顾客只想尽快把你打发走——哈哈哈！"

这正是他所做的。他从他父亲那里借了一件风衣和一顶礼帽，让客户签了字。我真想紧紧拥抱他。作为回报，我免费为他做了一份遗嘱，还在他搬家时帮他做了便宜的产权转让。

这段回忆让我无比难过。他似乎仍然"在场"，就像昨晚见面时一样，感觉他还在我身边。我脑海里浮现出他蹦蹦跳跳来到办公室前台，滔滔不绝地说着老套的友好废话，或者把脚伸进我的办公室门，向我展示他最新的丑袜子的情景。我的眼睛湿润了，眼泪就要涌出来。显然我并不是最后一个见到他的人，但警方似乎这样认定。他们是觉得我与他的死有关吗？当然无关。我应该试着去找寻蜜橘，以防需要她做我的不在场证明？还是去寻找她，只是为了再次见到她？我需要找人谈谈，把这一切都捋清楚。

幸运的是，格蕾丝就在隔壁，她在等我。

4

我刚搬进公寓时，一度称呼我的邻居为"狗女士"。我唯一知道的关于她的事就是她养了一只狗。我住的公寓楼有一部中央楼梯和一部电梯，服务于五层楼的所有住户。每层楼都有一条楼道，楼道两侧是各家公寓的前门。和我的公寓在楼梯同一侧的一共有三间公寓。狗女士家离楼梯最近，然后是我家，再然后是一个空置的屋子，正在等待翻修。那里的厨房之前发生了一场火灾，据说是一块非常干的印度烤饼自燃引起的（反正我相信就是这样）。

搬进来的那天，我不得不多次经过狗女士的前门。她家的门微微开着，每次我经过时都能感觉到有人在看着我。搬完东西后，我喝了一杯茶，吃了一块巴滕堡蛋糕，然后打算去隔壁自我介绍。这时，那里的门已经关上了，我按门铃也没有人回应。不过，我能听到里面有狗一直在叫，还有主人让它安静点儿的低语声。

在接下来的几个月里，我偶尔会看到狗女士出门去楼前的草地广场上遛狗。她总是穿同一件绿红格的羊毛外套，灰白的头发随意地扎成一个发髻，走路时有些一瘸一拐，应该是右髋骨有些问题。她看起来六十多岁。我觉得她没有工作。她的狗毛很长，身上到处都是黑白的斑点。从她对狗的指令中，我得知狗的名字叫拉苏。他有着很明显的牧羊犬特征，但早已失去了活力和激情。她遛狗时，我从没见过有人停下来跟她打招呼或唠家常。我心里闪过一个念头，她可能声名狼藉，或者有什么禁止接近她的不成文规定。偶尔在路上碰到，我会跟她打招呼，但她从来不和我对视，也不回应我的问候。有一次我和她同乘电梯，我俩都默默地站着一言未发。她身上有一股浓烈的复古水果蛋糕的味道。最终，我不再尝试和她说话，并且逐渐对有这样一个保持距离的邻居感到欣喜：没有义务，没有责任。

然而，当我在这套公寓里度过的第一个夏天到来时，每逢阳光明媚的日子，狗女士便开始坐到她前门外的椅子上。我猜她并不是为了晒太阳，而是为了躲避公寓里的高温。客厅和厨房里的南向大窗占据了墙壁四分之三的高度，导致大量热量在室内积聚。拉苏会坐到她身旁，他的饮水碗就放在她的脚边。一天，当我避开她的目光走过她身边时，她第一次和我开口说话："你要去哪里？"

虽然大吃一惊，但我还保持着一贯的警觉，如实回答道："去买个派。"

"哦，你喜欢吃派？"

"是的，派会让我得到很大的安慰。你呢？"

"你都吃什么馅的？"

"我通常到了店里再选，但肯定是咸口的——可能是肉末土豆，也可能是牛排洋葱——取决于保质期。"

"随时可以去商店买一个喜欢的派真不错。"

"是的，我想我应该心怀感恩。"

她用力呼出一口气，仿佛疼痛难忍。然后她开始揉着臀部。

"你没事吧?"我问道。

"没事,我的臀部不太好。时好时坏。我正在等着做手术。那么,说回派,你会加热还是冷藏?我喜欢冷派,但你看起来不太吃得了。"

"我可以吃冷的,尤其是那种口感酥脆的酥皮饼。"我回答。

"嗯,听起来不错,非常不错。"

接着是短暂的沉默。狗从碗里喝了一口水。远处传来阵阵警笛声。

"需要我去的时候帮你带个派回来吗?"我问,主要因为她显然想要。

"那太好了——牛肉腰子派。你觉得你多久能回来?"她回复道。这是她第一次对我微笑,感觉真好。

"十分钟左右。"

"行。你能帮我个忙,带着狗一起去吗?他需要遛遛。"

"当然,他看起来是个不错的小伙子。"

"等一下,我去拿牵引绳。"

她拖着脚走进公寓,大口喘着气。

她进屋后,我低下头瞥了一眼她刚用过的杯子。里面要么是水,要么是伏特加——我怀疑是后者。接着她拿着牵引绳走了出来。

"顺便说一下,我叫格蕾丝。"

"我叫加里,很高兴认识你。"

"过去几周我一直在观察你。你看起来是个值得信任的人,不像通常搬到这里的那些流浪汉。"

我把牵引绳套在拉苏的脖子上,轻轻拍拍他,又抚摸了一下。他身上散发着烤栗子加了点儿醋的味道。虽然不算难闻,但你肯定不会想要这个味道的香水。有那么一刻,我想象着自己在用一本小开本《圣经》拂拭着他的皮毛,这个想法让那瞬间都变得丰富起来。当我踏出电梯,朝楼外走去时,我听到格蕾丝在三楼向我大喊:"不要硬拽牵引绳。他有点儿累,像我一样。让他按自己的节奏走就好。十分钟后见。"

她说得没错。拉苏毫无活力,明显缺乏生气。他偶尔会四处嗅嗅,但我感觉结束散步对它来说才是高兴的事。他甚至打了几个哈欠,在我看来,这对于在户外行走的狗来说有点儿不寻常。然而,当我们到达游乐区时,他的态度发生了一百八十度的大转变。他发出几声吠叫,用力拉着绳子,恳求我放开他。我撒开牵引绳,他直接奔向那个臭名昭著的跷跷板的遗址,拉了一泡。我没有带粪便袋出来——我看到一位老人正透过一楼的窗户盯着我看。出于对我在当地名声的担忧,我走近拉苏拉屎的地方,背对着那位老年人,模仿着打开袋子、铲起污物并放入口袋的动作。希望声誉得以保全,随后我们继续往商店走去。

回来时,格蕾丝仍然坐在门外。她在身旁摆了一张小小的圆形金属桌和一个木凳。她忙不迭地看着她的手表。

"十三分钟。"她以此作为打招呼的开场白,"你说了不超过十分钟的。看来你可能也不怎么可靠。"

"抱歉。狗有点儿耽误了。"

"是的,他真的很懒散,一点儿活力都没有。"

"我们到达游乐区的时候,他可很有精力。"

"是的,他总是需要拉屎的时候才会兴奋。我有时觉得那是他生活中唯一的乐趣。我也是这样。你要和我一起吃派吗?"

通常情况下,我喜欢一个人吃派。没人打扰,也不用注意礼仪。只有我和派，其乐融融。然而，格蕾丝的眼神表明她很期盼我的陪伴。尽管她脾气暴躁，但她似乎有些孤独和脆弱。她看起来也像那种我可以很容易博得她喜欢的人——你知道的，单纯为了这个目的。我也挺喜欢她。

"嗯，我很乐意，那实在太好了。你需要我把它们加热一下吗？"我问。

"我不用，谢谢。我觉得温热会带出廉价派中常有的死亡味道，而我能看出你选的是经济实惠的款式。"

结果证明这是一个了不起的决定。我们坐在那里聊了至少几个小时。她把大部分派喂给了拉苏，并且不断地进屋添"茶"。她很健谈。她对我说，她的工程师父亲在她八岁时去了塞拉利昂后再也没有回来，但每年的纪念日都会给她母亲寄一张他的屁股的照片。她告诉我她"从事计算机行业"，曾在国家医疗服务体系和教育部门工作过。可惜因为她"脆弱的骨头"，她最后只能在当地的电脑城卖电脑，因为那是一份轻松的工作。她还说到由于她对经理说了"去月球上干一个木偶"的话而被开除。她成功申请到了残疾福利，并声称自己从未过得如此快乐。她业余时间会在网上进行一些计算机技能培训。最终她承认等到一天的思考结束后，她确实喜欢喝上一杯。她侃侃而谈，几乎没有停顿，笑得比我预料的还要多。

无论如何，我们成了邻居朋友。每个星期六，如果我没有其他安排，都会去她的公寓串门，和她一起度过几个小时。

5

格蕾丝的公寓布局跟我的一样，但氛围却截然不同。她的公寓里堆满了多年来积累的物品。书架、箱子和书籍层层叠叠，几乎看不到后面的墙壁。客厅的一侧堆放着各个年代的计算机硬件和显示器。窗户边摆放着一张桌子，既是餐桌，也是她的工作台。公寓里弥漫着生的香肠和热的电子设备的气味。

每到周六见面的日子，她总会特意打扮一番。今天她穿着一条带花纹的连衣裙和一双豹纹拖鞋。头发用一条印有香蕉图案的丝巾扎起来，口红是鲜艳的樱桃番茄红色。每次我到达时，她总会有些慌乱。据我所知，我是她唯一的常客。拉苏从不大惊小怪，只是从垫子上稍稍抬头瞥我一眼，然后舔舔嘴唇，继续睡觉。

"进来吧，加里，我已经烧好热水了。你给微波炉带了什么？"

"我买了一个号称全新改良的牧羊人派，还有一份'热量低于三百卡路里'的有机奶酪通心粉。"

"去他的。我要牧羊人派。"

她一边从我手中接过这些速食，一边母亲般地在我脸颊上轻吻了一下，然后大步走进了厨房。

"刚才从你家出来的那两个人是谁?"她在厨房里大声喊道,"看起来像警察,或者是讨债的。你是不是吸毒了,还是没交房租?"

"是的,他们是警察。等你坐下,我给你讲。"

格蕾丝回到客厅,和我一起坐在桌子旁。她把头靠在拳头上,仿佛在说:"洗耳恭听。"

我尽可能详细地回忆着我与威尔莫特和考利的谈话。格蕾丝默默地听着,当我讲完后,她走进厨房,拿出两份仍在托盘里的速食,随手放在桌上。

"你觉得怎么样?"我问。我们都在努力应付微波加热餐点带来的高温。

"如果这个派是'改良'版,那我真庆幸没有尝过它之前的样子。"

"不,我不是在说派。我是说警察和我那个被发现身亡的朋友。我的意思是,如果警察在调查,那么他可能是被谋杀的。"

"你真正希望听到的是,你应该去找那个叫蜜橘的女人。我看得出你对她有意思。"

"哦,是吗?你认为我应该去找她吗?"

"我不知道,加里,我更担心的是你朋友被发现身亡这件事。他们可能已经封锁了犯罪现场。封锁让我不寒而栗。"

"怎么?因为这让你想起詹姆斯·柯登?"

"唯一能让我想起詹姆斯·柯登的只有折叠比萨。现在严肃点儿。那位摔跤手发疯时他们封锁了佩卡姆火车站。你隔壁那套公寓失火时他们封锁了人行道。这是件很严重的事。"

"好吧,很显然,一个人死了。"

"不过,最令我困扰的是:警察怎么知道你是最后一个见到他的人?"

"我猜他们在他的手机上看到了我发的信息,约定什么时候在哪里见面。"

"但他们说没在他身上找到手机。"

"也许酒吧里有人看到了我们在一起?"

"伦敦南部那么多酒吧,他们为什么会选择去格罗夫酒馆询问?太不合理了。他又不是那里的常客或其他什么相关人员。他们向你展示证件了吗?"

"嗯,其中一个给了我他的名片。也许我应该给他打个电话,问问我是怎么牵扯其中的。"

"我认为你应该这么做。"

我翻遍了口袋,但没有找到名片。也许落在我的公寓里了。我急忙回去翻找,但一无所获。他并没有给我名片——尽管他说过会给。我回到了格蕾丝的公寓。

"不,他没有给我名片。"

"你确定他们是警察吗?"

"是的。我觉得,他们看起来像警察,谈吐也像警察,而且其中一个人的大腿充满威严。一切看起来都很正规。"

"他们叫什么名字?"

"威尔莫特和考利,来自佩卡姆警察局。"

"给我泡杯茶,我用笔记本电脑查一下他们的信息。"

我照吩咐做了,当我端着茶杯回来时,她从电脑前抬起头来。

"我觉得你的麻烦比你意识到的要大。"她宣布道,"你需要找到那个女人。"

"为什么?你发现了什么?"

"我在伦敦警察局的网站上找不到威尔莫特和考利的名字。只有一个叫考利的女警官,在温布利从事行政工作——仅此而已。"

"好吧,我觉得他们不会随便公布所有警探的名字。一定有某种保密要求……"

"也许,但据我所知,他们两个的名字从来没有出现过,法庭报告、新闻剪辑、社交媒体上都没有……这不正常,不是吗?"

"说实话,格蕾丝,我认为警探不会在推特之类的社交媒体上瞎混。他们需要保持低调。有人可能对警察心怀怨恨。"

"现在人人都玩社交媒体。"

"嗯,除了我和这两个警察,格蕾丝。听着,我得走了。回头见。"

"我会继续搜索那两个所谓的警察。"

"我知道你会的。"

我刚一站起身,拉苏立马跳上我的座位,扑向牧羊人派的托盘。他叼着托盘跳到地上,把托盘在地板上来回敲打,直到几块灰色的肉馅掉落出来。拉苏吃光了肉馅,然后又跳上沙发,将左后腿直直地指向天花板,舔了舔嘴唇。

6

格蕾丝的话让我有些不安,所以我下楼散步,想让自己冷静下来。这是我在感到焦虑时经常做的事。那我如何利用散步让自己受益呢?例如,我会想象这是一个美丽的晴天,我穿着一条宽松的红色灯芯绒短裤和一双华丽的棕黄色木屐。木屐非常庞大,看起来煞有其事。它由一种坚硬的、几乎透明的太妃糖制成。当我走在路上时,各个年龄段的人们都会打开前门或掀起窗户,大声喊出鼓励的话语,并赞美我那华丽的木屐。

那双木屐看起来非常不错,加里。

干得好,加里,看起来真是合适极了!

太棒了,加里,简直太棒了。你总是能安排得恰到好处。

你看起来就像个主人,掌管着这里和我能想到的所有地方。

于街道的尽头,在一个感觉毫无意义的日子里,我会想象自己转过身来,尽情享受观众的欢呼。如果那天我心情愉悦,我会停下脚步,面向太阳,慢慢低下头看向地面。我想象着我的太妃糖木屐已经融化,变成了脚下一摊黏稠的水洼。当我继续前行时,我听到门窗被"砰"地关上,还有几个孤零零的声音在背后议论纷纷。

可惜那双木屐了,加里。不过,它没化的时候还是很不错的。

完全不合适的材料，加里。但你早就知道这点了。你需要振作起来，老兄。

加里，你这个浑蛋。

这一切都是为了在我的生活中注入平衡与和谐。今天，我看到的是旁观者在为我欢呼，这让我下定决心要去寻找蜜橘。我掌握的信息寥寥，仅限于：她住在沃尔沃思的格兰奇住宅区，以及她拥有一辆滑稽的自行车。我决定开车去沃尔沃思探查一番。但首先，我需要从办公室里取回我的手机。如果要去探案，最好带上手机。我也希望威尔莫特或者考利可以联系我。每隔十分钟，我脑中就会冒出新的问题想和他们一探究竟。

星期六，办公室不开门，但我有一套钥匙。前往办公室的路上，我顺便去了一趟韦恩的咖啡店，犒劳自己一杯卡布奇诺和一块巴滕堡蛋糕，准备在空荡荡的办公室里享用。咖啡店的名字叫研磨者，老板韦恩一如既往地在柜台后面服务。他很了解我，我们相处得很好。过去两年里，我每天都会去他店里好几次。他把我当作他的私人律师（我帮他重新谈判了店铺的租约，还帮他处理了各种交通违规事宜），而我则把他视为潜在的朋友（虽然我不敢向他宣之于口）。他是那种喜欢穿着超紧身白T恤炫耀自己肌肉的健身狂。他和我年纪相仿，身高超过一米八，留着威猛乐队鼎盛时期乔治·迈克尔那样的乌黑蓬松的发型。看到我进门，韦恩露出了宽如河马牙刷一样的笑容。

"你好啊，加里，星期六很少会在这里见到你。"

"是啊。我太想你了，所以就来了。韦恩，是你的肌肉啊，深入脑海，让人魂牵梦绕。"

他弯起一侧的二头肌，噘起嘴唇亲吻了一下。

"这些肌肉能让你想写一首情诗或唱一首肌肉调的赞歌。"

韦恩说。

"的确如此。你是个性感的男人,韦恩,色香味俱全。"

"我知道,这就是为什么我有三个女朋友。"

"你见过她们吗?"

"只见过一个。"

"是你妈妈吗?"

"不是。是你妈妈。"

我放声大笑,但意识到这笑声其实来自我内心某个悲伤的角落,并不是由衷而发。我只是希望他喜欢我。我希望每个人都喜欢我。不过,要做到这一点必须适应各种情况,需要付出很多。我不知道我的最终目标是什么,但我想这总比树敌要好。

"韦恩,一块巴滕堡蛋糕和一杯卡布奇诺,带走。"

韦恩启动了机器,开始处理我的订单。

"韦恩,你从来不休息吗?"

"不啊,人们需要咖啡,而我正是有咖啡豆的人。你不会让救生员休息吧?"

"但你又不提供什么紧急服务。"我反驳道。

"谁说我不是?你去跟我的常客们说说看。我是他们的救命稻草,而且,如果我闭店一天,顾客可能就会尝试去另一家店,结果更喜欢那家。"

"你对自己的产品缺乏信心,韦恩。"

"只是比较现实,老兄。我是单打独斗,很难竞争。"

"那就是生活,老板。"我回应道,"像我们这样的小人物很难在世界上留下印记。"

"滚蛋,加里,你让我很沮丧。别叫我小人物。自己留着吧,矬子。"

我们一起笑了一会儿，随后他把我点的东西递给我。我道了别，离开咖啡店，步行了一小段路来到办公室。

事务所位于一座维多利亚时期银行建筑的顶部三层。里面像迷宫一样布满了走廊和楼梯。墙壁是刷成了白色的浮雕墙纸，每间屋子都铺着浅绿色的地毯，配备深色的木质家具。我的办公室位于第三层。在门框的某个隐蔽处，我用极小的字写着巨型香蕉。有时我会瞥一眼这四个字，让自己开心一下。

我的办公室里摆着一套老式红木桌椅，两把为客户准备的木制餐椅，小壁炉的两侧还有一个书架。旧式的开放壁炉已经被仿煤火双管电暖炉取代。这个炉子会向坐在我办公桌对面的客户定向供热。如果客户看起来是爱出汗的人，我通常会把它关掉。

我的工作非常枯燥。它的正式头衔是"法律助理"。我之所以选择这份工作，是因为我在六七年前获得了法律学位，但随后在两次专业资格考试中接连失利。我可能有一天会再考，但目前这份工作对我来说非常合适。我的工作包括从新客户那里获取初步陈述、去警察局、完成法律援助申请、准备简单的遗嘱和过户文件，还有，任何被差使的杂活儿。

我总是喜欢独自待在办公楼里。这种感觉有点调皮，就像个窃贼或秘密的办公室标准检查员。这让我回想起青少年时期，我一个人在家时，会像罗德·斯图尔特在他杜塞尔多夫的顶层公寓里一样自由自在地起舞。我想象自己就是老板，在各个办公室里进进出出，检查桌上的杂物和架子上的照片。这种寂静令人陌生，它将这里的氛围从工作场所转变为一个忧郁的博物馆。我甚至在想，这里可能是进行安乐死的绝佳地点。

我的手机就放在桌上，没有留言，也没有未接来电。我把脚搁到桌子上，咬了一大口我的巴滕堡蛋糕。太甜了，齁得我牙齿刺痛。我的脑中再次出现了布兰登，我想起他曾问我是否可以取回他的一沓重要文件。那些文件被我放在了办公室书架下的一个安全契据箱里，于是我拿出来查看，想看看是不是可以写信告知布兰登的亲属这些文件的存在。

信封里有他家房子的土地注册产权证、一份简单的一页遗嘱（将他所有的财产留给前妻），还有几份养老金投资组合。没有什么特别的东西。看到纸张上印着的他的名字，我悲从中来，脑中闪现出他坐在我对面的画面，他把脚放在桌子上，露出印有猩猩脚图案的袜子。我把文件放回契据箱，拿起半空的咖啡杯，走出办公室，开启了寻找蜜橘之旅。她说她所在的格兰奇住宅区离这里只有八百米左右，但我还是开了车。我很快就停了下来，开始"搜寻"。这是一个建于二十世纪五十年代的伦敦郡议会住宅区，一共有八栋独立的 U 字形五层建筑，以及几条盘绕在建筑周围的小路和停车位。每栋楼都有一部中央楼梯，以及通向每一层住户门前的楼道。

从我停车的地方，可以清楚地看到两栋楼的正面。一栋叫"瓦西里"，里面大部分住户的前门都涂成了红色；另一栋叫"德拉蒙德"，大多数的前门则是淡蓝色。楼道里是深棕色的砖，上面有白色的盖顶石。有几户的前门涂成了不同的颜色，我猜这些是住户根据购房权计划从政府手中买下的公寓。如果我是购房者，我会保持门的颜色不变。我对自己的处境感到一丝兴奋，但随着时间的推移，这种兴奋感渐渐消退。

我不确定我的计划是什么。我觉得我寄希望于她会骑着那辆傻乎乎的自行车突然从天而降，或者把头从楼道的墙上探出来大喊："嘿，有人在找我吗？"其实我没有任何筹划。我靠在座位上，环顾四周。没什么人。大约五十码远的地方，一个穿着旧工作服的男人正在摆弄一辆车后窗的橡胶密封条。他踮起脚尖弯腰去够玻璃最远的角落，臀部显得饱满紧致。我萌生出一个有趣的念头，如果他的心脏实际位于某一侧的臀部，那么他外表看起来仍然会是现在的样子。只有他自己、他的爱人和他的医疗团队才会知道这个秘密。也许他还得告诉他的同事和保险公司。他的心脏无法像在胸腔中那样得到保护。这可能会让人担忧，特别是如果一个农夫因为他擅自闯入自己的田地而踢他的屁股。这个想法慢慢散去，我在袖子上吐了口唾沫，试图擦掉挡风玻璃上的污点，结果却弄得更脏了。

我从副驾驶座位上拿起《小蜜橘谜案》。我一直带在身边，想着一旦找到蜜橘就可以当作跟她打招呼的借口——嗨，我只是想把书还给你。你前几天晚上把它落在酒吧了。很不可思议吧？我是个好人——希望你明白。

我读了一遍封底上的简介。

> 《小蜜橘谜案》是一部关于孤独、身份缺失以及文化和道德堕落的小说。其人物角色迷茫无措，引人入胜。书中呈现了对爱情、失落以及两者之间一切事物的深刻沉思。

听起来还是不怎么样。我又快速瞥了一眼蜜橘留下的信息：你不会失望的——哈！但我知道，如果我翻开这本书，一定会失望。

我把书扔回副驾驶座位上，然后在车门口袋里翻找，想看看有什么东西。里面有许多空的糖包和木制咖啡搅拌棒。还有一颗从透明包装袋里逃逸出来的旧薄荷糖，粘在一枚五便士硬币上。此外，还有一个小塑料瓶的鼻腔喷雾剂。我试图剥开那个透明包装袋，但指甲却沾上了黏糊糊的糖浆。我拿起一根咖啡搅拌棒，从中间掰开，用来清理指甲。很管用，我非常满意。我打开车载收音机，调到体育频道。收音机里正在谈论一场拳击比赛，一个拳击手把另一个重重打倒在地。接着播放了一则广告，是一家可以随时提供十二毫米石膏板的公司。我的脑海中闪过一个想法，如果随身携带一块长宽均为一点二米、十二毫米厚的石膏板，很快就会被认定为一个有个性的人：也许蜜橘会对我另眼相看。

我换到了一个在播放轻爵士乐的电台。很应景。我放倒了座椅靠背，认真地听着音乐，好让自己转移一些对这次愚蠢探险的注意力。音乐中不断传来"啪啪啪""咚咚咚啪"的节奏，然后小号像慢慢倒出的浓稠肉汁一样加入进来。

我突然意识到我要排尿。车外没有明显靠谱的地方可以方便。中控台旁边放着我的外带咖啡杯。是中杯，所以我猜它有大约半品脱容量，可能刚好够用。我环顾四周：车后方的大楼没有能直接看到车内的区域。左边的楼距离太远，无法清楚地看到车内的情况，右边两栋楼的底层公寓可以看到我的上半身，但看不到窗线以下的部分。我唯一能看到的人就是那个制服男，而他似乎完全沉浸在处理挡风玻璃的任务中。我想，即使只是为了刺激，也值得一试。

我打开车窗，把杯子里最后剩下的咖啡抖落到草地上。当我摇上窗户时，我发现制服男消失了，要么进了他的车，要么进了公寓楼。我一边慢慢地拉下裤链，一边扫视着周围观察有没有好奇的人。我将杯子斜放，并把我的"小弟弟"放在杯沿上。随着一股暖流的排出，我的手心立刻感觉到杯子表面变得温热起来。我不断地在留意旁观者和检查杯子剩余容量之间来回切换。因为杯子是倾斜的,所以比我预期的满得要快。我调整角度,让杯子更直立些,但这样做的同时不得不将臀和腰向上推,以确保我的"小弟弟"仍然悬在杯口上。我猜测我只尿了一半。

突然有人敲响了我的车窗。我靠回座椅,拿着杯子遮住下体。尿流持续了几秒钟,弄湿了我的裤子。透过窗户,我看到了一大片法国蓝色的工作服布料:是制服男。我慌忙中汗流浃背,忐忑着他到底看到了什么,然后摇下车窗。

"嗨。"我说,尽量挤出一个好看的笑容。

"需要帮忙吗,老兄?这里的停车位只供住户使用。"他的语气很友好,但带着一丝严肃。

我的汗稍微减退了些:显然他没有看到我刚才在干什么。

"哦,知道了,我在找一个住在这个片区的人,不确定具体地址。"

他弯下腰,把头放在窗框中央。

"你在找谁?还是你在搞什么鬼?"

"是个我在酒吧认识的女孩。她把书落下了,我想还给她。"

我敏锐地意识到从我的裆部飘起了一股芦笋和豌豆的气味。我看到他朝那个方向瞄了一眼,挑了挑眉。

"你在喝高汤块饮品吗?"他问,"现在很少有人喝这个了。我以前特别喜欢,尤其是星期六下午看 ITV 台的摔跤比赛的时候。"

显然他没有发现我拉链附近的湿痕。

"是,我懂你——美味的肉感,在沙发上喝一口就暖和起来了。其实这只是茶,一种草药茶——据说对肠胃有益。"

"我看你喝的时候不加奶。现在很多人都这样。我就不行,不加奶我得疯。"

"你肯定从来没试过不加奶的。要不要尝一口？"

"不了，不对我的口味。"

"来吧，你上一次尝试不加牛奶是什么时候？时代早变了。这些新款的混合饮品就是为了让你在不加牛奶的情况下也能享受到美味。"

我把杯子举到窗边，同时左手遮住了敞开的裤子拉链。

"有点儿温，但这些新茶就是要这样喝。来吧，尝一口。"

"好吧，那就来一口。"

他从我手里接过杯子，举到嘴边。糟糕，他真的要喝了。我一下子清醒过来。

"算了，老兄，还是别试了。我在里面放了几颗镁片，如果你不习惯可能会有点反应。"

他把杯子递回给我。

"太遗憾了，它闻着还不错：有些刺鼻，但我喜欢饮料的层次丰富些。这就是草药茶的问题，它们通常有点淡。算了。那个女人叫什么？这个住宅区的大多数人我都认识。"

"没关系，我会给她打个电话，我其实来之前就应该打的。不过还是谢谢你。"

"不客气。不过不要闲逛，告诉你了，这里只供住户停车。"

当他走开时，我佯装出打电话的样子，然后启动了汽车引擎。一只松鼠出现在我右侧的梧桐树的最低枝上。

"还好吗，老兄？"我自言自语地问道。

"还可以，加里。我听说你刚才在车里小便来着。"

"是啊，蠢死了。不知道我为什么要做那样的事。"

"你应该考虑一下，别人看到你在做什么，就会得出什么样的结论。你为什么要做这种蠢事呢？"

"我也不知道。我刚才也很绝望。"

"我来告诉你，加里，因为你根本不关心别人对你的看法。你不关心任何人，不认为这很重要。"

"不，老兄，不是那样。我想是因为我总是委曲求全地讨好别人，有时候我会有一种冲动，想要做些对我来说放飞自我的事。是的，现在我感觉很糟，如果真相曝光，我绝对羞愧难当，但至少我觉得自己有点活过的感觉。"

"那么，你应该考虑一下什么样的人会有这种动机。"

"也许有一天我会想明白。"

"是的，也许你会的。"

"如果这么说有用的话，我真的充满悔恨。"

"不，并没什么用。"

突然，我听到前面大约三十码外传来门被推开又猛地关上的声音，我猜是在我头顶上方的几层楼。松鼠从树枝上蹦下来，匆忙逃走了。我摇下车窗，听到一对男女在争吵。那个男人大呼小叫，但我只能听到零星的只言片语。感觉非常激烈。门再次"砰"的一声关上，接着我看到了下面的场景。

在我头顶高处，一辆自行车从二楼的楼道被扔了下来，旋转着飞向地面。正是那辆《威利在哪里？》的鲜艳夺目的自行车，它即将面临脊椎断裂的命运。自行车落在了楼梯间前面的铺砖区域。前叉弯曲变形，后轮像轮盘一样旋转。座椅已经完全扭曲，指向天空。

一个男人从楼梯间里走了出来，用鞋底重重地踩到前轮上，然后大步离开了。他个子很高，绝对超过一米八，看起来大约四十岁，剃着光头，头型很好看，再加上英俊的五官，显得非常有魅力。

他穿着一件蓝色西装，对他来说小了两个尺码，裤子是紧身款，像个大块头穿上了青少年的西装——如今到处都能看到这种打扮的人。他钻进一辆红色的宝马3系，飞速驶离。他离开几分钟后，我拿起副驾驶座位上的书，走下车去查看现场。

当我走近那辆破损的自行车时，我看到蜜橘从楼梯间走了出来。她的刘海儿不再打理得一丝不苟，头发凌乱不堪，显得十分狼狈。她穿着一件灰色睡袍，马丁靴没有系鞋带。我们的目光相遇了。她用睡袍的袖子擦了擦鼻子，露出一个略带失望的笑容跟我打招呼。

"你在这里干什么？"她问，眼睛偷偷地扫视着住宅区。

"这个——呃——其实我在找你。"

"我没明白。为什么？"

此刻我就站在她旁边，能看出她刚刚哭过。

"你还好吗？"我问。

"嗯，我没事。你找我有什么事吗？我现在不太方便……"

"我明白。你确定你没事吗？那个把你的自行车从楼道扔下来的家伙是谁？"

"这个跟你没关系。"

我被她的冷漠和无情吓了一跳。跟想象中我们见面的样子南辕北辙。这让我一下子变得更正式起来。

"我不会耽误你很久。你记得昨晚和我在格罗夫喝酒的那个人吗？"

"嗯，有点儿印象。"

"他离开酒吧后被发现身亡，似乎我是最后一个和他说过话的人。"

"该死，真的吗？"

"是的，警察已经和我谈过了，我可能需要一份不在场证明，就是从他离开酒吧到我回家的这段时间。我只是想知道你是否同意我把你的名字和地址告诉警方？"

她露出一丝恐慌和警觉，迅速给出回应："不，对不起，我不能让你那样做。这可能会给我带来大麻烦，我现在不想惹麻烦。"

"你在逃亡吗？在走私有问题的电子烟还是卖偷来的窗帘？"我说道，试图给这一刻增添一丝轻松感。

"没有，我只是回答你的问题。我不同意你把我的信息交给警察。"

这是一个非常清晰明确的回复。于是，作为一个胆小鬼，我立刻退缩了。

"嘿，没关系，这很合理。我只是不得不问问。我不想让你惹麻烦。那个，要我帮你弄下自行车吗？"

"不用了，请你走吧。抱歉帮不了你。请不要再来找我了。"

"好的，我不会的。别担心，我不是嫌疑犯。我相信这没什么大不了的。"当她转身走开时，我想起了那本书。"嘿，我拿了你落在酒吧的那本书。"我把书递了出去，希望它能把她带回我身边。

"不用了，你留着吧。"

她向我挤出一个勉强的微笑，然后转身把自行车拖回了楼梯间。我很想帮她，但那并不是她想要的。我把我的名字和电话写在了书的内页上，希望有一天她会打给我。当我手里拿着那本书，站在那里眼睁睁地看着她离开时，我意识到我们可能再也不会说话了。

7

下午三点左右,我回到公寓。格蕾丝看着我停好车。当我从电梯出来时,她正在楼道里徘徊。

"你找到她了吗?"她开门见山地问。

"嗯,找到了。"我回答。说话间,她自顾自地走进我的公寓要喝杯茶。

"关于那些警察,有什么别的发现吗?"我问。

"没有。所以至少目前我对此保持警惕和怀疑。他们联系过你吗?"

"没。"

"嗯。"

她一屁股坐在沙发上,我给她拿了一杯茶和一块维斯科特饼干——薄荷味的,用铝箔纸独立包装的那种。

"就只有这些?"她一边把她的鼠尾草绿色拖鞋放在旁边的靠垫上,一边问道。

"你不喜欢维斯科特饼干吗?"我回答。

"我不喜欢铝箔纸。把它咬下来会让我牙齿里的填充物晃来晃去。"

"需要我帮你弄掉吗?"

"不用，铝箔纸已经让我没有胃口了，加里，你难道不明白吗？"

"好吧，那我自己吃好了。"

当我走向长沙发要从她那里取走维斯科特饼干时，她突然举起手示意我不要过去。

"动作别那么快，小伙子。"她说，"你还没回答我的问题：除了维斯科特饼干，你还有什么别的吗？"

"我有一块奇巧威化。"

"和你的奇巧威化一起滚开。我受不了那个，我的牙不行。"

"要不我给你烤一片吐司？"

"那算不上什么好东西。我每天都吃吐司，差不多就靠那东西过活。来一片巴滕堡蛋糕怎么样？"

"我在咖啡店买了那种小而脆的巧克力威化饼，你要吗？"

"来一片巴滕堡蛋糕吧？"她带着一副心领神会的表情问道。

"奶油薄脆饼干上抹点能多益巧克力酱怎么样？那差不多都达到生日庆典的标准了……"我回答。

"加里，我能看到桌面上的巴滕堡蛋糕，还剩差不多五厘米呢。咱俩每人二点五厘米。吃那个感觉就像通过了驾照考试，还有人在生日时帮你熨衣服一样。来吧，吃起来。"

"你确定杏仁糖不会让你的牙齿晃动吗？"

"没问题。"

我切开巴滕堡蛋糕，把她的那份放在一个小碟子上。我的那片明显厚很多，我把蛋糕拢在手掌里，这样她就看不到了。

"你什么时候才能把这个地方弄得更像个家呢？看看。你活得像个游牧人。这里所有的东西你都能扔下就跑。就感觉，呃……很临时。"

"对我来说挺好的。这能提醒我必须不断前进，留意可能出现的机会并努力把握。"

"得了吧，加里，你和我一样固执。我每天都看到你穿着那身劣质西装，拿着空荡荡的塑料公文包去上班。你看起来就像废弃的冰箱一样毫无生气。"

"谢谢你，格蕾丝。不管怎样，我以为你是想听听我去找那个女孩的事呢。"

"那就说吧。顺便说一句，这块蛋糕太少了。如果我饿死了，那就是你的责任，全怪你。"

我开始讲述我去格兰奇住宅区的经历。她吃完巴滕堡蛋糕后，把一只手伸进旁边的鼠尾草拖鞋里，打断了我。

"你真的被这个女孩迷住了，是不是？"

"你为什么这么说？我都不了解她。"

"别跟我耍嘴皮子。回答问题。"

"我甚至没想过这个问题。我根本配不上她。"

"嗯，就算是拉苏你都配不上，但这并没有回答我的问题。"

"好吧。我确实对她印象深刻。她身上有一种奇妙的气质，这让我感到好奇，所以我的回答是：我对她很感兴趣。"

"所以你想了很多？"

"是的。"

"你从来没和我说过你的感情生活。你交过女朋友吗？"

"我还以为你是我的女朋友呢。"

"滚蛋，加里，回答问题。"

女朋友是一个我不太愿意谈论的话题。我知道我长得不好看，但也不是完全的丑八怪。我会形容我的脸为"过目就忘"（显然很多人似乎都忘记过）。我身高约一米七二，比全国男人的平均身高矮四厘米（我查过很多次）。当我走进一个房间时，我感觉人们不会认为：嘿，来了个小不点儿或危险人物！一只走路的虾！完全不至于。大家很少评论我的身高，我猜这意味着我躲过一劫。

我一直以来最大的问题是没有信心和女孩进行第一次接触。青少年时，我就得出结论：我永远不会遇到一个女孩，这让我很难过。我总觉得没有姐姐妹妹是我问题的根源。女性似乎是一个外星种族。直到我上大学，除了在某些交易或其他事项中，我不记得自己曾经和女孩说过话。我试图向格蕾丝解释这一点。

"我只是觉得认识女孩并建立关系挺难的。我交过两任女朋友，但最后一个在我搬到伦敦之前就分手了。"

"废物。"格蕾丝回应道，"你这么没用，给我说说你是怎么认识那两个女朋友的。"

说不清为什么，我想可能是因为心中有蜜橘的存在，我决定敞开心扉，回答格蕾丝的问题（对我大有裨益的重大转变）。

我告诉她我在十八岁时遇到了第一个女朋友，那是在曼彻斯特大学的第二周。我和其他八个新生合住在一栋低层的学生宿舍楼里。前几周，我一直躲在自己的房间里，只有在知道其他室友出去享乐（也许只是假装如此）的晚上，才会冒险走进公共厨房。某晚，我没有掌握好时机，碰巧和一个等着面包机中烤吐司的女孩面对面撞上了。一开始我没有理她，手忙脚乱地忙着找我的面包，找到后小心翼翼地挑选了几片，然后把剩下的重新密封在塑料包装里。那几片面包特别厚——正是我喜欢的那种。我又忙着找出一个盘子（妈妈给了我一套来自 Home Bargains 的塑料餐具，上面印着谷仓猫头鹰脸的图案），把它放到操作台上。我没有黄油，本打算从冰箱里偷点儿别人的。她打乱了我的计划,于是我溜回房间,想着等她离开厨房再说。大约五分钟后返回时,她仍然站在面包机旁。

"嗨。"她率先开了口。

"你好。"我回答。

对话戛然而止,她转过身朝着面包机。我走到操作台前,发现盘子里的两片面包不见了。是她偷走了,我想,并且立刻对她产生了钦佩之情。这也让我掌握了主动权。我可以利用这一点让她喜欢我。她再次转过身来,一边朝我右边的走廊望去,一边和我说话。

"抱歉烤得有些久。刚才的被我烤焦了。你或许想要先回房间去。"

"不用,没关系,我在这里等着就行。我叫加里,很高兴认识你。"

"我也是。我叫蕾拉,我喜欢吃吐司。"

"我也是。很好吃。"

"确实。"

她又转向面包机,我注意到她转了一下定时器的控制旋钮,将烤面包的时间延长了几分钟。我能感觉到她有些慌张。她的深棕色长发梳成中分,脸色微红,看起来像是刚用椰子擦洗过。我下意识地觉得她不是我喜欢的类型。她穿着米色运动裤和一件浅蓝色运动衫,运动衫正面印着快乐当下几个字。她迅速地回头看了我一眼,露出带有歉意的微笑。我看到她涂着鲜红色的口红。十分钟前,我们第一次相遇时,她的嘴唇上还没有口红。她的门牙十分突出,显得很坚定,非常适合进食肉类,也有助于咬开难以撕扯的包装袋。

烤面包机发出"叮"的一声,然后弹出了两片格外厚实的烤焦的面包。她迅速抓起它们，扔进水槽，用水龙头的冷水淋了淋。接着，她捞起湿漉漉的面包片，把它们丢进了垃圾桶。"又搞砸了。"她说，"面包机肯定出问题了。"

"肯定是。"我回答。

"这是我最后两片吐司了，只能吃点儿黄油了。"

"我和你做个交易。"我说，"你让我吃点儿你的黄油，我给你几片我的面包。"

"听起来不错。"

"现在快乐了？"我指着她衣服上的快乐当下说。

"哦，是的，哈哈。简直是 LAFS。"

"LAFS 代表什么？"

"蕾拉那件可恶的运动衫（Layla's awful fucking sweatshirt）。"

我忍不住笑了出来。

"我喜欢你的谷仓猫头鹰盘子。是你妈妈给你买的吗？"她问。

"不是。"我撒了谎，不想显出软弱的样子。"我一直喜欢猫头鹰，喜欢它们转头的样子。还有，它们虽然基本过着户外狩猎的生活，却仍然穿着花哨的裤子。"

"你从哪儿买的？"

"在郊外鸟类保护区的一家礼品店。"

"真是个买猫头鹰盘子的好地方。"

"是的，总的来说，不论是精神特质，还是其他立场，那儿都是一个很棒的地方。"

"那里有咖啡馆吗？"

"有啊，我第一次看到谷仓猫头鹰的餐具就是在那里。"

"那里卖吐司吗？"

"有,而且咖啡上还有做成谷仓猫头鹰脸的拉花。"

"你真的很喜欢你的谷仓猫头鹰。"

"没有你喜欢吐司那么喜欢。"

接下来的几周和几个月里,我们一起度过了很多时光,两个孤独的灵魂成为对抗世界的共同体。我们互相依赖,满足彼此的每一个需求,并在接下来的三年里一起生活在同一只茧中。如果她离开我,我将陷入最深的困境。我竭尽全力确保她也如此。我们在一个巨大的温暖西瓜里生活,从不质疑这是否是最好的选择,生怕知道答案是什么。我非常非常舒适,并且假设她也一样。

接下来的一个晚上,我回到我们的公寓,发现她已经走了。她留了一张纸条表示歉意,并解释说她觉得自己浪费了三年的生命,是时候继续前进了。她是对的。我并没有感到崩溃,但非常不安,于是回到利兹和妈妈一起住在另一个温暖的西瓜里。随着痛苦的消散,我意识到我从来没有真正喜欢过蕾拉。只是因为她和我说了话,这就足以让我们踏上这段虚度的旅程。不过,我曾经做过别人的男朋友,这让我对女孩的恐惧减少了一点。

格蕾丝打断了我。

"我是应该为你感到难过吗?"

"不用,我只是在对你陈述事实。"

"好奇问一句,如果一切那么糟糕,你们为什么会在一起那么久?"

"我不知道,格蕾丝,我想我只是希望它会自然终结,或者由她结束。你有没有住进过温暖的西瓜里?那种感觉非常舒适——让人难以割舍。"

"我绝不会住在一个大水果里,加里——尤其还是个温暖的——显然它最终会腐烂。你只是没有勇气结束它:典型的男人。你甚至都不喜欢她。真是个浑蛋。那么,你是怎么认识另一个女朋友的?"

我向她讲述了我追求第二任女友安妮的故事。

那时我二十四岁,和妈妈住在利兹。我在市政厅工作,处理规划申请。工作简单、重复且无聊,这正好完美符合我一贯吊儿郎当的状态。有天晚上,办公室里的几个人要去附近的酒吧参加喜剧之夜。他们问我要不要一起。我能体会到这个邀请更多是出于礼貌,而非真心。但我还是同意了。那些紧张无措的喜剧表演者让我着迷。那种感觉就像看着自己遭受折磨,却不必亲身经历任何痛苦。

喜剧之夜在酒吧后面的一个大型宴会厅里举行。舞台在宴会厅的一侧,吧台在另一侧。舞台上方挂着一面横幅,上面写着这个可以笑!。宴会厅里摆放了大约二十张桌子。我们预订了一张可以容纳六个人的餐桌,却有七个人,于是我从另一张桌子旁拿过一把椅子,坐在两个同事中间但稍微靠后的位置。其中一个是我的主管,叫伊恩·佩珀——四十多岁,像混凝土钟一样无聊。他转过头来和我聊天。"你在后面还好吗,加里?能看清舞台吗?"

"能,挺好的,谢谢。你是个喜剧迷吗?"我问。

"不算是。我觉得没什么意思。"

"那你平时娱乐喜欢看什么?"

"我比较喜欢看电视上的高尔夫比赛。"

"那高尔夫有意思的地方是什么呢?"

"有个结果,有方赢家,有种成就感。"

"说得对。但如果喜剧演员让你笑了，你也是赢家。"

"但他们从来没有让我笑过。话说，加里，你能去给大家买轮喝的吗？可以吗？"

"好，当然可以。大家都想喝什么？"

我记下大家点的东西，走到吧台。那边空荡荡的，只有三个女孩站在吧台中央。她们吵吵嚷嚷，显然酒精让她们十分亢奋。当我点单时，其中最高的女孩向我走近了一步。"你好啊，小不点儿，这些酒都是你自己的吗？"她低头看着我，笑着问道。

"不是，是给我兄弟们的。"

"什么兄弟？你哪儿有兄弟。"她转向她的朋友，另外两个女孩仿佛接到信号似的，跟着笑了起来。

我有些紧张，急切地盼望我点的东西快点备好，这样我就可以回到座位去了。高个子女孩依然低头俯视着我，用吸管吮着她的碳酸饮料，还对我做出夸张的诱惑表情。我感到被针对了。她面色苍白，脸圆圆的，黑直中分长发垂到肩膀，穿着一件黑色的连衫围裙，整体效果像是低配版的维多利亚·贝克汉姆。我觉得她要么是喝大了，要么就是刚上头。

她的一个小个子、金头发、小鸟脸的队友也参与进来：

"矮冬瓜，你不打算请我们喝一杯吗？"

我只是盯着吧台后面的瓶瓶罐罐，没有吭声。小鸟脸又重复了一遍：

"你聋了吗，老兄？你到底请不请我们喝一杯啊？"

我点的头两杯啤酒终于好了。我拿起它们，回到桌子旁。我问伊恩能不能帮我去取剩下的酒水，谢天谢地，他答应了。当我再次来到吧台时，那几个女孩已经离开，回到她们的座位去了。

在几个单口喜剧演员展示完才艺后,主持人宣布了下一个节目。"维多利亚·贝克汉姆女士"登上了舞台。

"嗨,我叫安妮·坎贝尔。你们为什么都盯着我看?你们是喜欢我呢,还是只是在想我的吸尘技术怎么样?"

全场寂静。我的主管伊恩·佩珀是唯一一个笑了的人。

"哈哈哈。太、太有趣了!"他大声喊道,很难判断是出于真心还是纯粹的讽刺。

她继续表演,但我能看出她的自信心受到了重创。

"那么,呃……对。前几天我钓到一条鱼,切开后发现它的肚子里有一盘《莫扎特精选》的磁带。原来它是被古典音乐钩住了。"

一阵寂静。这回,一个观众打破了寂静(伊恩已经不听了):"给我们讲个笑话吧,我们知道你想讲。"

一些观众笑了。显然,他们并不是支持她。我能感觉到她的心态有些崩了。她从支架上取下麦克风,扬声器里立刻传出了尖锐的回声。前排的一个男人插话道:"亲爱的,这儿还有更多回声:滚下去!"

那句话决定了她的命运:她的素材再也没有办法找到一条安全的出路。主持人回到台上救场。我为她感到难过,也为我的同事们在她被嘲笑的局面中扮演的角色而感到愧疚。我只能在一定程度上说服自己,鉴于她之前在吧台的举止,这样的下场是咎由自取。

那晚结束时,和我一同来的人都酩酊大醉,满口在谈论他们对罐装食品和冷冻速食品的记忆。只有少数其他几位顾客还在。我回头瞥了一眼,发现维多利亚·贝克汉姆女士一个人坐着，正用一杯蓝色调的碳酸饮料安慰着自己。我从我们的桌子上拿起一瓶啤酒，朝她走去。

"嘿，这是你让我请你喝的酒。"

"什么？哦。谢谢，但我已经在喝蓝色妖姬了。"

"刚才你在台上的表现我看了。我觉得你能够站在上面已经很好了。"

"我通常会表现得好得多。只是刚开始就有个浑蛋起哄，我总是会被打乱节奏。"

"是，我听到了。真是个浑蛋。"

"嘿，抱歉我之前叫你小不点儿……我上台之前喝了一些酒，有些失态。你其实并不算太矮。"

"是啊，我只比全国平均身高矮了四厘米。你那个鱼的笑话真的很好笑，甚至把我的朋友伊恩都逗乐了，平时只有高尔夫球的挥杆才会让他发笑。"

我望向桌子，看到伊恩那帮人正要离去。我感到很高兴。我和维多利亚·贝克汉姆女士又聊了一个多小时，然后一起离开了。她所有的态度和傲慢都消失了，看起来很沮丧。我意识到我很容易就能得到这个女孩的芳心，于是顺势而为。接下来的两年，我们形影不离，于是我有了另一个温暖的西瓜可以自在度日。后来，我偶然发现她在电影院停车场的垃圾桶后面和一个警察偷情，事情就这样结束了。

格蕾丝打断了我。

"这里出现了一种模式。因为你所做的一切只是为了让自己过得舒服、让对方难以脱身，所以这两段关系都成了泡影。你凭什么认为和这个蜜橘女孩会有所不同？"

"我已经在脑海中演练过了。我觉得那会是一些非凡的东西。"

"为什么这么说？"

"因为我真的，真的很喜欢她。"

"上帝保佑这个可怜的女孩。"

我告诉格蕾丝蜜橘不愿意为我提供不在场证明的事，并向她保证，如果真的到了那一步，我会引导警察去她的公寓。我不想发生那样的事，当然，鉴于我与整个事件毫无关系，我认为这种情况永远不会发生。格蕾丝似乎对结果感到满意，并建议为了我和蜜橘好，让我忘掉关于蜜橘的一切。拉苏在打盹中从椅子上摔了下来，颠了几步跑到一边，吐在了地毯上。

8

那天晚上，我去了格罗夫酒馆看足球比赛。我想让自己尽量不去琢磨布兰登的死以及格蕾丝对威尔莫特和考利的不安。但最重要的是，我想转移注意力，不去想蜜橘，摆脱担忧她可能处于某种麻烦或折磨的刺痛感。我在吧台尽头的老位置和尼克还有安迪会合。这场比赛的双方是两支伦敦的球队，所以不出所料地非常沉闷。终场哨响后，我告诉他们我遇到了一个女孩，并谎称我俩前景光明。尼克的建议非常明确："别陷进去，老兄。所有女人都爱胡搅蛮缠，尤其是那些漂亮女人。"

比赛结束后不久，尼克和安迪就离开了，我走到雅座吧台区，坐到我曾对蜜橘放电失败的那个包厢里。故地重游让我再次回想起我们对话的片段。我究竟做错了什么？虽然我对她的自行车有点无礼，但她似乎饶有兴致地接受了。我们的其他对话似乎都很顺利。为什么没有成功呢？

我不能再想她了。我望向最后一次见到布兰登的吧台，决定暂时从蜜橘身上转移走注意力，想一想他。我翻着手机通讯录，找到了他的联系方式，浏览起我们互发的五六条消息。基本都是与工作相关的无聊内容，只有一条短讯里他附上了最新购入的袜子照片。那是一双米色的袜子，袜筒上有一把左轮手枪的图案。短讯内容写着足兵 LOL。我笑了，同时回忆起收到这条消息的时候我并没有笑。我们最后一次交流是他把写有朋友名单的电话号码的纸条放进我的口袋。我掏出纸条，拨出那个号码。我不知道为什么要这样，这似乎是删除联系方式前一种表示尊重的做法。电话接通后直接转到了语音信箱："您已接通 Fuzzbox 新奇袜子的语音信箱。请在提示音后留言。"我挂断电话，自嘲地笑了笑。布兰登的最后一个玩笑真的很不错。

我决定最后尝试一次布兰登的工作号码——就是我一直使用的那个。我在联系人列表找到并拨打出去，响了五六声后，有人接了起来。

"喂？"我说。

没有回应，但我能感觉到电话的另一端有人。

"喂？……喂？……喂？这是布兰登的电话吗？"我向对面的沉默发问道。

还是没有回应。我感到胃里涌起一股肾上腺素。

"喂？……是警察吗？"

沉默了几秒后，电话被挂断了。谁他妈拿了布兰登的手机？我的第一反应是警察，但如果是，他们肯定会和我说话的。拨打这个号码会给我带来麻烦吗？我认为不会。该死，如果布兰登真是被人谋杀的，那刚刚和我通话的正是凶手怎么办？他们能通过电话追踪到我吗？当然可以，我在布兰登的联系人列表里。我立刻惊慌失措，但随即说服自己，过去几天会有很多工作联系人拨打过他的电话。这没什么大不了的。尽管如此，我仍然感到不安。我走回另一侧的吧台，又看了一场西班牙的足球比赛，虽然技术上无可挑剔，但实在无聊至极。

回家的路上，我再次从口袋里拿出布兰登的那张纸条，笑了一下，然后把它扔进路边的水沟里。做这些的过程中，我感觉到口袋底部有一个又小又硬的东西。是一个 U 盘，外形像一根小玉米棒。我以前从未见过它，肯定是布兰登悄悄塞进去的。我在回公寓的路上顺便去了趟办公室，把这个 U 盘插进电脑。屏幕上出现了一条消息，显示该驱动器的内容受密码保护，要求我输入密码。我尝试输入了一些可能的选项：

Password
123456
BrendanHA-HA
HAHA Brendan
HABrendanHA
Socks
Sox

没有一个是对的。我放弃了。我决定明天问问格蕾丝，看她有没有什么办法能破解这个 U 盘。很显然，布兰登想让我看到里面的内容。

9

第二天醒来,我想了不到十分钟的蜜橘。我对自己说:有进步。公寓里没什么吃的,于是我决定去咖啡店吃早餐,出门时顺便去拜访了格蕾丝,跟她说了U盘的事。她的眼睛一下子亮了起来,表示很想参与。

"把它交给我。"她说,眼中闪烁着渴望的光芒。"喔,你能带拉苏去遛一圈吗?我的骨头不行了,而他很着急。"于是我同意带上拉苏一起去咖啡店。

"你在电脑上找到那些警察的信息了吗?"我问。

"什么都没有。说实话,我已经厌倦了,他们肯定断网了,或者也许你给了我错误的名字。其实我在想他们会不会是记者。这倒是有可能。记者总是在窥探别人的痛苦。不过,这个新任务听起来有趣多了。你快走吧,不要拽他的牵引绳。"

拉苏像往常一样,慢慢悠悠地走着,直至到了游乐区才活跃起来。我把他放开,让他去处理自己的事。拉苏离开后,我的松鼠朋友跳上了游乐区入口处的小墙。

"还好吧,老兄?"我自言自语道。

"嗯,当我考虑这个问题时,感觉还不错。"我替他回答道。

"你的尾巴今天不那么蓬松了。昨晚过得不好吗?"

"也许你不应该指出这一点,毕竟你不知道我现在的心理状态。也许我在担心你。在对我冷嘲热讽之前,你有没有考虑过这种可能性?我觉得你没有。对吗?"

"是的,你说得对。对不起。"

"好了,那个离开你的女孩,听说你又见到她了。你俩怎么样了?"

"没什么进展。仅仅因为我们在酒吧聊过天,就认为她应该和我有同样的感觉,我无权这么想。"

"我不信你的话。你明明很讨厌她对你似乎不感兴趣,但更让你讨厌的是你认为无法让她喜欢你。"

"不,你错了。我不会对她玩那种游戏。她对我不感兴趣也没关系。"

"那么你在玩什么游戏?除非你心里有事,否则你不会找我说话。"

"说实话,老兄,几天之后我就会把她忘了。我还有其他事要处理。"

"骗子。"

"你才是。"我回道。

"不,你才是。"松鼠一边反驳,一边从墙上跳下来,消失在远处。

我看到拉苏正忙着排泄,而我又没有带清理袋。我走到他身边,假装清理粪便的样子。这时,我抬头看到考利督察和威尔莫特督察正朝我走来。

"你好,加里。"考利说,"你在干什么?希望你不是在掩埋什么不想我们看到的东西吧?"

"没有,只是在清理狗的粪便。"

"什么？徒手清理？真恶心。"威尔莫特插话道。

"不，当然不是。我只是发现我没有带清理袋出来，所以我想看看那东西能不能分解。"

"会分解的，加里，除非狗吃了塑料或沙砾。我不知道你还养狗，加里。"考利问。

"没有，我没养，我只是帮隔壁的邻居遛狗。她骨头比较脆弱，有时候不太方便。那个，你们介意我看下你们的证件吗？只是形式上的，没别的意思。"

"完全没问题，加里。"考利回答。他俩从口袋里掏出了黑色的小钱包。钱包的封面上印着大都会警察局的徽章，里面有一个塑料照片证件的插槽。名字和照片都正确无误，看起来是真的。

"谢谢。那么，你们想跟我聊什么？"

"我们只是想知道你有没有想到什么新的线索，可能对我们的调查有帮助，加里。你看起来是个愿意琢磨的人，也许突然想到了什么？"考利问。

"是的，有几件事我觉得你们应该知道，但我没有你们的电话。你们没给我留名片。"

"哦，不好意思，加里。我太疏忽了。趁我们现在在这儿，你就直说吧。有什么要告诉我们的？"

"嗯。首先，昨晚在酒吧的时候，我莫名其妙拨出了布兰登的电话——你知道，就是在删掉他之前最后拨一次——然后有人接了。我猜是警察，但电话那头的人一句话也没说。"

"我敢保证，如果是警察，他们肯定会说话的。而且如果你记得的话，我们说过在布兰登身上没有找到手机。你带手机了吗？"考利问。

"嗯，带了。"

"那么，加里，为什么不再拨一次呢？这可能很重要。"威尔莫特指示道。

我拨出了那个号码，提示音响起："您所拨打的号码已停机。"他们似乎并不惊讶。

"好吧，谢谢你提供的信息，加里。还有什么想告诉我们的？"考利问。

"就是我昨天去上班的时候，想起我们替布兰登保管了一些重要文件——遗嘱、产权证和养老金投资之类的。"

"你看过那些文件吗，加里？"考利问。

"看过，它们就放在我办公室契据箱里的一个信封中。看起来没有什么特别的，但我觉得你们或许应该知道。"

"谢谢你，加里，我们会跟进，在征得你公司的同意后去查看这些文件。信封里还有其他有关的东西吗？电脑光盘、日记、录音带之类的？"考利的声音突然变得急切起来。

"没有，只是一些每个人都可能会存放在律师那里的普通文件。"

我正要提起那个U盘，威尔莫特接了一个电话，然后示意他的搭档得走了。他们对我提供的信息表示了感谢，一边快步离开一边喊着会再联系我。我很高兴没有说到那个U盘，我觉得我应该先查完再告诉他们，这是我欠布兰登的。布兰登特意把它亲手交给我，我想我有责任在交出去之前，先帮他看看里面的内容。也许是一些私人的东西，甚至可能是袜子的照片。最好先等等。他们没问关于蜜橘可不可以为我提供不在场证明的事，我觉得很奇怪，但也认为这可能是个好兆头。我希望他们别来打扰我们俩。

我走进咖啡店,看到韦恩正在清理四张圆桌中的一张。他穿着一件紧身的黑色衬衫,在咖啡店明亮的 LCD 灯下显得闪闪发光。他的腿上穿着一条米色的裤子,我称之为"胡萝卜裤",就是那种紧贴腿部并向下收窄,最后像钳子一样紧紧抓住脚踝的设计。

"你又来了。"他说,"星期天也来。你真的对我有意思吧。"

"不是对你有意思,韦恩,而是对你的裤子有意思。"

韦恩站直身体,双手放在臀部,双腿略微分开。"是的,我的裤子确实很舒服。你是不是觉得它们看起来很紧?相信我,完全不。"

"那真是个好消息,韦恩。它们看起来确实有点紧,特别是脚踝和裆部。"

"绝对不紧。这就像一层液体在拥抱你。你要点什么,老兄?"

"两个中杯卡布奇诺和两——"

"……两片巴滕堡蛋糕。"他一边哼唱着,一边大摇大摆地走回柜台后面。拉苏跟着他走到摆放蛋糕和甜点的玻璃展柜前。他用一只爪子撑在玻璃上,低下头盯着一个圆形的甜甜圈。接着,他让那只爪子顺着玻璃前面滑下来,换上另一只爪子。在整个过程中,他一直不停地换爪,但目光从未离开过那个甜甜圈。

"前几天晚上我在酒吧里遇到一个女孩。"我脱口而出,连自己都吓了一跳。

"她知道你遇到她了吗?"

"知道,我们聊了一会儿,感觉不错。"

"那你打算在她对你申请限制令之前再见她一面吗?"

"是的,我在她的公寓楼外又见到她了。"

"你说'在她的公寓楼外'是什么意思?你在跟踪她吗?天哪,她需要尽快像 TonTo① 一样迅速申请限制令。"

"不,我没有跟踪她。我只是想和她重新建立联系。"

"那你们重新联系上了吗?还是她直接拒绝了你?"

"不好说。我对这种事情直觉不太准。"

"就直接告诉我:结果怎么样?"

"糟透了。我想我在一个糟糕的时机找上她。估计她刚和男朋友或者房东吵了一架。"

"男朋友?!算了吧,加里。把关于她的记忆丢进下水道吧。"

"但她真的很好看。"

"嗯,但你不好看。"

他说得很有道理。

我用牵引绳把拉苏从柜台边拉开,他看了我一眼,好像在说:"你本可以让我开心一下的。多谢你什么都没做。"为了补偿他,我在街角小店买了一小包狗饼干,然后我们回家了。当我回到格蕾丝的公寓时,她正坐在那里,像一个挪威狙击手一样专注地盯着电脑屏幕。

"嗨,格蕾丝,我给你买了杯咖啡。有什么进展吗?"

"放下咖啡出去吧。你在这儿我没法集中精力。"

"好吧,不过有进展吗?"

"没有,出去吧。"

"那你觉得你能破解吗?"

---

① TonTo,美国西部题材的《独行侠》系列中的角色,是独行侠的忠实伙伴和朋友,通常被描绘为一个聪明、机智且行动迅速的角色。这里的意思是她需要尽快采取行动,就像 TonTo 在危急时刻总是能迅速反应一样。

"能，我是这方面的专家。出去吧。"

我刚走出门，就看到拉苏从他的垫子上滑下来，头撞到了杂志架上。他没有反应，几乎立刻就心满意足地咕噜了一声，在地板上睡着了。

10

第二天是星期一，起床前，我花了大约五分钟想蜜橘，然后在上班路上一直在想她——不算太糟。我顺路买了杯咖啡，却失望地发现韦恩不在店里。我打听他为什么没来，被告知他只是懒得上班。这不像他——无论下雨还是下更大的雨，他总是风雨无阻——或许是他的裤子给他造成了压迫性伤害。

当我到达办公室时，两个穿制服的警察正要离开大楼。我脑海中闪过一个念头，想问问他们认不认识考利和威尔莫特，但并没有付诸行动。一进办公室，我就遇到了合伙人之一约翰·布伦金斯托普。他解释说昨晚办公楼被盗了，让我检查一下自己的办公室有没有丢东西。

看起来没有什么问题，直到我发现契据箱底部在地毯上留下的印记。显然它被轻微移动过。我打开箱子，发现布兰登的文件不见了。我向布伦金斯托普报告了这件事，他说会将这些信息传达给警方。我告诉他关于布兰登的噩耗以及跟我似有若无的牵连，令我惊讶的是，他听到这些时脸上露出了完全漠不关心的神情。

"到我的办公室来一下，加里。"他命令道。

我跟着他来到他位于一楼的豪华办公室。这间办公室的设计旨在建立威慑和制造震撼。房间的一侧悬挂着公司创始人的威严肖像，肖像下面是一张巨大的红木办公桌。其他墙面从地板到天花板都堆满了法律书籍。我还记得第一次进入这个房间是来面试现在的这份工作。我们的对话大致如下："你为什么想来塔兰特律师事务所工作，托恩先生？"

"因为这是一家声誉卓著、历史悠久的公司，而且专注于我感兴趣的案件类型。"

"胡说八道。有成百上千像这样的公司在招聘。真实的原因是什么？"

"不，真的，我花了很多心思研究这家公司，觉得它非常适合我。"

"最后一次机会，托恩先生，否则就请你离开了。"

"我就住在离这儿五分钟路程的地方，这对我来说非常方便。"

"好小子，我喜欢，你能下周一开始上班吗？"

"可以。"

"你想假装有一些感兴趣的问题要问问吗？"

"不用了。"

"好小子，下周一见。"

他今天的心情和那天差不多。

"听着，加里，城畔调查公司的老板约翰·麦考伊是我的重要客户。你知道的，布兰登是他最喜欢的员工之一。你一定要好好配合警方的工作。"

"我已经和警察谈过了，实在没什么有用的信息能提供给他们。我和布兰登只在酒吧待了半个小时。他离开的时候还好好的。如果他们再联系我，我会通知您的。"

"不用麻烦了。我不想我们事务所和城畔调查公司之间产生任何利益冲突。我们不能失去这个客户。这件事你就当成你自己的事,别和我扯上关系。如果出现任何冲突,我会舍弃你,而不是约翰·麦考伊,明白吗?"

"明白,当然,我不会再提这件事。"

"这就对了。去给自己买套新西装,你看起来像个地毯推销员。"

我刚回到办公室不到五分钟,桌上的电话就响了。是佩卡姆警察局的拘留警官。事务所的一位客户请求我们在他接受问讯时到场陪同。客户的名字是韦恩·摩尔。我心想:怪不得他今天早上没在咖啡店。

到达警察局后,拘留警官告诉我,韦恩因涉嫌持有用于分销和供应的A级毒品而被逮捕。他会安排调查人员向我详细说明情况。我在等候室里的蓝色塑料长椅上坐下,长椅沿着房间的一面墙摆放着,屋里的墙壁都是浅灰色的,没有任何装饰。唯一的物件是一张"当火灾发生时"的告示,有人在上面写了喝点啤酒的字迹。过了片刻,一个穿着深绿色风衣和蓝色裤子的中年男子走了进来,冲到拘留警官的柜台前。他的脚很大,脏兮兮的白色运动鞋几乎像小丑的装扮。他戴着厚框眼镜,留着复杂交错拼凑而成的发型,再次散发出马戏团的气息。他用非常洪亮、比较高雅的口音对拘留警官说道:"这里是你负责吗?"

"是的。先生,有什么能帮您的?"

那位拘留警官四十多岁,头很大,后面和两侧的头发剃得短短的。他有些超重,粗壮的手指摆弄着一支圆珠笔,目光空洞地盯着面前的电脑屏幕。他脸上挂着假笑,神情里充满对工作内在的冷漠。我猜他肯定无肉不欢,而且不是那种你可以轻易侵犯其个人空间的人,比如在海滩或者医生候诊室,你肯定会敬而远之。

"是我的邻居。我想让你们逮捕他,把他关进牢房。"

"为什么呢,先生?"

"说来话长。简单讲,他找到了从他家进入我家阁楼的方法。几乎每晚都来,发出敲敲打打的声音,还像小熊一样喘粗气。这让我快疯了——他明显侵犯了我的安宁。更糟的是,他是个外国人。在我做出让自己后悔的事之前,你们必须制止这一切。"

"他是外国人和这件事有什么关系,先生?"

"这不是显而易见的吗?他的国家里,可能在邻居的屋顶乱翻是可以接受的。"

"您的邻居叫什么名字?"

"天哪,你真喜欢打断人,不是吗?他叫杜什库先生。"

"您和他谈过这件事吗?"

"我正要说这个。没有,但我多次写信给他,却没有收到回复。他可能会说他不懂英语,但那是谎话,因为我见过他在他家后院读《太阳报》。他在骂他的野孩子时,英语说得可流利呢。"

"那么,您有没有亲眼看见他在您的阁楼里,或者发现了他是怎么进去的?"

"我每周在阁楼待两到三个晚上,但我在的时候他从来没有进来过。他肯定有个窥视孔之类的东西,看见有人在,他就不会来。就算我躲在旧的金属冷水箱后面,他还是能发现我。"

"那他是怎么进入您的阁楼的?隔断墙上有洞或者缝隙吗?"

"我不知道他是怎么做到的。那里杂物那么多,我无法检查整面隔断墙。不过这有什么关系呢？我认为我在跟警察说话，而不是结构工程师。"

"好吧，我认为这对确定事实至关重要，先生。"

"不，我不这么认为，因为我有他午夜鬼鬼祟祟活动的录音。来，听听看。"

小丑鞋先生按下手机上的按钮，开始播放。录音一开始是他的低语："九月十六日凌晨四点，于楼上走廊录制。"接着是一阵断断续续的刮擦声或敲击声，偶尔还有小熊般的"咆哮"声。

警官打断问道："您确定那不是一只鸽子，而是一只小熊吗？"

"鸽子！"小丑鞋吼道，"鸽子怎么可能发出那种声音？你他妈的是认真的吗？你觉得鸽子在举哑铃还是在他妈的滑滑板？"

"好吧，先生，请不要说粗话。注意文明。问题是，如果他确实进入了您的家，但没有意图偷窃或造成损失……"

小丑鞋打断道："他造成了损失！对我精神健康的影响！我几乎睡不着觉，还忽视了教会的事务。我是圣玛丽教堂的管理员——是的，就是那种——然而却没人，完全没有任何人，愿意提供帮助来解决问题。"

"好的，先生，我明白了。听着，我会找一名警官给您做份笔录，并告知我们将采取的措施，如果有的话。请在那边的长椅上稍等一下，会有人来找您。"

小丑鞋慢慢转身，显得有些泄气。他朝我走过来，一只鞋发出气喘吁吁的吱吱声。他看向我时，我尽力露出了一个最为同情的笑容。这让他停下了脚步。他用一种强烈的令人不安的目光盯着我看了一会儿，仿佛在判断我是不是他失散多年的儿子。随后,他紧紧地闭上眼睛,片刻后,大步走出了警察局。

柜台后的拘留警官叹了口气,开始在电脑上敲打着什么。

"听起来像是松鼠。"我说。

"不,绝对是鸽子。我家阁楼里也有一只,能把人逼疯了。"他连眼睛都没抬一下,盯着屏幕回答道。

这时,从公共等候室与警局其他部分中间的大型安全门里走出一个穿着西装的年轻警官。他示意我跟他走,并自我介绍说他是贝利探员,是负责韦恩案件的调查人员。我俩走进一条两侧都是问讯室的走廊,他把我带进中央的一间,我们相对而坐。他手里拿着韦恩的案卷,一边阅览着卷宗,一边向我解释说,韦恩和他父亲的车在刘易舍姆被拦下。警察获得他们同意后搜查了车辆,在前排乘客座椅下发现了一小包疑似可卡因的物品。他们父子即刻因持有毒品及意图分销被逮捕。被捕时,他们除了简单地阐述对车内毒品毫不知情外,没有做出任何其他评论。已经确认他们驾驶的车辆登记在韦恩父亲名下。韦恩要求请律师,我现在可以去见他。如果我在这个房间里等着,警察会把他带过来。

大约五分钟后韦恩来了,他穿着一件黑色羽绒夹克和一条破洞紧身牛仔裤,这条裤子仿佛被獾袭击过一样残破。他看起来并不担心,精神也很好。"他们派你来了!我做了什么要遭受这样的待遇?"他优雅地坐在我对面的椅子上,问道。

"我有什么不好,韦恩?我是个名副其实的高手,你知道的。"

"别闹了,老兄,你总是被咖啡和巴滕堡蛋糕弄得很嗨——至少让你显得有些不稳定。"

他用拳头轻推了我一下,表示他实际上很高兴见到我。他的第一个问题,和我在警察局接待的所有客户如出一辙。

"你能先把我弄出去吗?我还有咖啡店要经营呢。"

"要看情况。"

"看什么情况?"

"指控严不严重,不利证据强不强,你会不会干扰证人,你有没有工作,你有没有跳过保释……"

他打断我说:"听着,我什么都没做。毒品是警察放在车里的——他们以前对我爸也这么干过。他们做这些是为了恐吓他。我爸以前是个警察,知道他们过去的那些勾当,他们觉得他会说出去。这只是个警告。指控会被撤销,等着瞧吧。这他妈的就是个游戏。"

接着韦恩从他的角度解释了他被逮捕时的情况。我最好的猜测是他说的是真话。不过,我不得不提醒他,"栽赃证据"这种辩护很少能说服陪审团。我建议他采取"无可奉告"的问讯策略,并向他承诺我会尽力说服主责警官批准他的保释。他对整件事仍然显得非常放松,而他的问讯场面简直是一场盛宴。有一部分将让我永世难忘。

贝利探员:为什么你在你父亲的车里?

韦恩:相比走路我更喜欢搭车,除此之外,无可奉告。

贝利探员:为什么你愿意提供这个信息,但对其他问题都表示"无可奉告"呢?

韦恩:我对走路的厌恶是生活方式和性格偏好,我不想在这种问题上被误解。除此之外,无可奉告。

贝利探员:吸毒是你生活方式和性格偏好的一部分吗?

韦恩:我从未非法吸食过毒品,因为这跟我的生活方式和性格偏好不符。除此之外,无可奉告。

贝利探员：警察拦下你们的时候，你们要开车去哪里？

韦恩：我们正要去超市买猫砂。除此之外，无可奉告。

我：韦恩，我要提醒一下，我建议过你，对所有的问题回复"无可奉告"。

韦恩：无可奉告。

贝利探员：买猫砂为什么需要两个人去？

韦恩：除了让一个人下车再去停车比自己去找停车位更快之外，无可奉告。而且我爸认为买猫砂这件事不太爷们儿。

贝利探员：你知道你的座位下有一袋 A 类毒品吗？

韦恩：除了家里还有一只猫急需上厕所之外，无可奉告。

问讯结束后，韦恩被带回了他的牢房。我和贝利探员聊了一会儿，他表示拘留警官同意在继续调查期间让韦恩保释。我隐约感觉到贝利相信韦恩对毒品一无所知。而他的父亲则无法被批准保释，显然他们认为他与毒品有关。

在离开问讯室之前，我借机问了贝利是否有关于布兰登·琼斯调查的消息。他困惑地看着我，告诉我他不知道我在说什么。我解释说，他的同事威尔莫特警察和考利督察找过我，因为我是布兰登死前最后见到的人之一。他再次满脸不解地看着我。"那个威尔莫特和考利，他们真的说过自己是佩卡姆警察局的人吗？"他问。

"我记得他们说他们是刑事调查部的。"

"稍等一下，我去问问看。"

"你人真好。对了，韦恩也是个好人——我只是说说。"

"是的，我觉得你说得对。"

贝利离开了房间，过了大约十分钟就回来了。他告诉我重案组里没有人听说过布兰登·琼斯，也没有在调查其命案。同样，他也确认了警察局里没有叫威尔莫特和考利的警官。他问我是否想要他们提供一份声明或对冒充警察的人提起投诉。我回绝了。我本能地觉得最好尽量远离这件事。同时，我还沉浸在震惊之中，逐渐意识到布兰登可能没有死。

一出警局，我就马上再次拨打了布兰登的电话。仍然停机。我的下一个直觉是给考利督察打电话，但这个念头刚闪过，我就想起他在游乐区突然离开的情景，这意味着他们又没有给我留下联系方式。回到办公室后，我给布兰登的工作邮箱发了一封邮件。

你好，布兰登：

前几天晚上见到你和你的袜子真是太好了。遗憾的是你不得不早早离开。我又留了一会儿，还和一个非常可爱的姑娘聊了起来，老实说，我很高兴你滚蛋了！几天后我又碰到了她，但她似乎兴趣全无，不过我打算听从你的建议："追到最后"。

有一个坏消息……我们替你保管的那些文件（遗嘱、产权证等）星期天晚上在我的办公室里被偷了。不用担心——我电脑上有相关的详细信息，可以申请补发。

还有个好消息，能尽快给我打个电话吗……我有些工作要安排给你。

祝好，
加里

我几乎立刻收到了城畔调查公司老板约翰·麦考伊的回复。

你好，加里：

　　布兰登目前在外工作，近期无法接收新案件。请直接和我联系，我会将工作分配给其他同事。

祝好，
约翰·麦考伊

　　备注：祝你在追求的那位女士好运

　　我将这封邮件认定为事实，对布兰登可能仍然在世感到欣喜。我真的很想再见到他，很想和他再喝一杯，并恭维他关于Fuzzbox袜子的玩笑。然而，想到威尔莫特和考利，以及他俩找我的动机，刚才的欣喜略有消退。不过，我能做的就是不断提醒自己，无论发生什么，我都没有做错任何事。

　　回到家时，我敲响了格蕾丝的房门，但没有回应，只有拉苏发出了一声奇怪的哀鸣，听起来像是"维他麦"。

11

随着我对布兰登的担忧逐渐减弱，对蜜橘的思念却愈发强烈起来。到了周三晚上，我已经无法抗拒再去见她的念头。下班后我驱车前往格兰奇住宅区，停在了上次同样的位置。那个光头男的红色宝马3系停在对面马路的楼梯间旁边。制服男在我前方大约五十码的地方，正忙着更换一辆老旧的大众高尔夫的保险杠。他巨大的臀部正对着我。

我脑海中迅速闪过一个念头，如果他的胃实际上位于他的一侧臀部，那将减少食物从摄入到排出体外所需的管道数量。但这个想法很快消失了，因为我开始怀疑自己来这里的决定。

我其实并没有考虑周全。坐在这里碰到她出现的概率微乎其微，我也不能贸然去敲她的门，万一光头男在那里。根据我对他的短暂观察，他看起来年龄比蜜橘大很多，但我也没有排除他是她男朋友的可能性。在某种程度上，看到他的车停在外面是一种解脱。这给了我不去尝试联系她的借口，也让我对自己其实只是想再见她一面的事实少了一些内疚感。我会觉得自己比跟踪狂高了一级。

制服男站起身，弓了弓背以缓解一些身体不适。他盯着我这边看了几分钟，接着在棉质连体工作服的前襟擦了下手。他使劲挠了挠屁股,随后开始朝我走过来。我打开车窗准备迎接他。他对我来说成了一个麻烦——真是个爱管闲事的人。我邪念附体,从口袋里取出那袋忘记交给格蕾丝的狗饼干,打开包装,拿出几块放在中控台上,然后在每块狗饼干上滴了一点桉树鼻腔喷剂。

"你好吗,老兄?"他一走到车窗边我就开口问道。

"我就知道是你。你又没有住户许可证,停在这里干什么?"

"我只是来接女朋友。她一会儿就下来。"

"难以置信你居然有女朋友,老兄。她也很娇小吗?"

"真有你的。"

他俯身探进车窗,一张脸填满了窗框中的空隙。他咬着嘴角,环顾车内。他的呼吸闻起来有猪肉渣和蛋奶糕的味道。终于,他再次开口道:"你记得你那天喝的草药茶吗?"

"嗯,记得。"

"那天起我一直念念不忘。它有一种非常独特的香气——对于草药产品来说,异常浓郁厚重。"

"同意——相信我,它喝起来绝对很爽。"

"所以,我在想,你能不能告诉我品牌名称,我可以给自己和老婆孩子买一些。"

"没问题。它叫作深度平衡草药茶,我在佩卡姆主街上的健康商店买的。我想你那天试的是迷迭香和罗勒味的。"

我从中控台上抓起几块狗饼干。"嘿,这个你可能会喜欢。对肠道健康有益,里面富含益生菌和益生元。消除腹胀,保持排便规律又顺畅。来——尝一个,味道还不错。如果你不喜欢它的口感,可以把它碾碎,撒在酸奶上。"

他从我手中拿走一块饼干,开始咀嚼。"天哪,有点硬,是吧?"

"是的,最好在嘴里含一会儿,用唾液软化一下。"

他听从了我的指导,开始在嘴里来回咀嚼。

"啊,这就对了。还不错,有点酸,但作为对健康有益处的东西来说并不差。撒在酸奶上会更好。也是在健康商店买的吗?"

"对。这个叫'好男孩的肠道健康'补充剂。每天三次,你的马桶刷就用不上了。"

他对我提供的益生菌表达了感谢,然后大摇大摆地回到了工作岗位。我望着他的时候,注意到光头男和另一个男人从楼梯间里走了出来,开着红色宝马离开了。我再也没有借口不去找蜜橘了。

我爬上楼梯,敲响了她的房门。认出她的公寓易如反掌,因为她那辆《威利在哪里?》自行车的一只轮子就倚靠在门旁边的墙壁上,轮辐上装饰着俗艳的塑料花。

她开门一看到我,立马把我推到一边,朝楼道里张望。我猜她是在确认光头男是否已经走远。

"又是你。你来干什么?"她微微一笑,似乎并不完全反对我的造访。

"我就是想见你一下,确认你没事,看看没有自行车你过得怎么样,但主要是想看看你。哦,还有就是终于可以把书还给你了。你还好吗?"她从我的手里接过了书。

"我很好,谢谢。我猜你其实是来问我能不能给你提供不在场证明,对吧?"

"不,绝对不是,我保证。那件事已经过去了。"

我们沉默地站了一会儿。我无法一直看着她的眼睛,但能感觉到她正直直地盯着我这张无趣的脸。

"我很喜欢你的塑料花。"为了打破沉默我说道,"它们有一种塑料特有的美丽光泽。而且不用怎么维护,就像不粘锅一样。是你自己挑的吗?"

再次,她脸上露出了一丝微笑,但她的肢体语言表明我的时间可能快到了。她转身走回前门。"那回头见,保重。"她边说边转身准备关门。

"等一下。"我说,"我在书里留了我的地址和电话。如果你什么时候想聊天,或者想去酒吧喝一杯放松下,打给我。"

"我或许会的……再见。"

"嘿,你甚至可能会喜欢。"

"我知道。"她稍做犹豫,回答道。

然后她关上了门。

回到车里,我感觉像在云端一样,虽然仅仅是又见到了她、听到了她的声音。我觉得自己表现得还不错,没说什么明显冒犯的话。虽然也许我身上有狗饼干的味道,但谁能说那不是她的菜呢?

一只松鼠跳到我的引擎盖上,好奇地看着我。

"听说你让那个爱管闲事的家伙嚼了一块狗饼干。你有没有想过为什么要这么做,尤其是那个可怜人已经不得不处理你的尿了?"

"我只是在向自己创造的世界报复一下。"

"那么和那个女孩怎么样了?知道她的名字了吗?你们现在是永远在一起的一对了吗?"

"该死,没有,我没问她的名字,但我有点算表白了,把决定权交给了她。我告诉她如果什么时候想聊聊就联系我,她说她或许会。"

"也许她只是想摆脱你，你有没有至少想过这种可能性？"

"当然想过，但我选择暂时忽视这个可能性——至少在我到家之前。"

"也许她在对你撒面包屑。你懂的，给一点点甜头，让你像只小狗一样被吊着胃口。"

"不，她不是那种女孩。"

"哦，不是吗？那她是什么样的女孩？"

"一个非常了不起的女孩。"

松鼠满怀同情地对我眨了几下眼睛，然后迅速跑远了。

第二部

12

艾米丽

我叫艾米丽,住在格兰奇住宅区的一套两居室公寓里,位于伦敦东南部的沃尔沃思区。我今年二十五岁,有一头深棕色的头发和一个傻乎乎的塌鼻子。我梳着直连鬓角的齐刘海儿。最近有人告诉我,这让我看起来和简·布里尔有些相似,虽然我不知道她是谁。我打算逃跑了。让我告诉你我是如何做出这个决定的。

我是家里的独生女,我的父母在布莱顿郊区经营一座家庭旅馆,我就是在那里长大的。妈妈不怎么喜欢爸爸。到了晚年,她用各种词汇形容他,比如"无知的浑蛋""冷冻的火腿""放屁的驴"以及我个人最喜欢的——"敲邦戈鼓的蛇"。我搬出家后,她就离开了他。我想她只是为了我才和他生活在一起的,这让我时常感到内疚。离开他后,她变成了迥然不同的人——一个快乐的人。

爸爸习惯了有妈妈在身边,但在我的记忆中,他从未对妈妈表现出任何感情。他阴郁疏离,脾气暴躁——说实话,我很怕他。他没有打过我,我怀疑主要是因为根本没有必要,他一个愤怒的眼神就足以让我乖乖听话。我也没有见过他打妈妈，但如果让我猜的话，我会说他可能打过。我记得在我大约十岁的时候，发生过一件事。我们的家庭旅馆是一座四层高的白色灰泥维多利亚式楼宇，坐落在一排同样气派的建筑群中。旅馆的二楼和三楼有十二间客房，一楼设有厨房和餐厅，还有一间住客休息室，里面摆着格格不入的舒适椅和电视机。我们一家住在四楼，没有电视。每天晚上五点到九点之间，由于父母要为客人准备并提供晚餐，我就必须做到让他们眼不见心不烦。二楼的一间客房在餐厅的正上方。如果那个房间没有人住，我有时会从走廊的橱柜里拿走主钥匙，悄悄溜进去，在里面偷听下面餐厅里的闲聊。

有一次，我躺在客房浴室的地板上，头枕着枕头，耳朵紧贴着瓷砖地面。我发现，在房间的这个位置，声音通过天花板传播得尤为清晰。我闭着眼睛，沉浸在楼下传来的欢声笑语中。这时，卧室的门开了，爸爸牵着一位女客人的手走了进来。

"你老婆怎么办？"那女人半低着声音问。

"去她的，那头惨兮兮的母牛。"爸爸回答道，甚至懒得压低音量。

我僵在原地，祈祷他们不会看向我这边。我看着父亲把她推倒在床上，开始亲吻她的脸颊和胸部。

她埋怨道："停下！我不喜欢这样，放开我！"

爸爸从床上翻下来，大步迈出了房间。"去你的，你们都一样。"他一边走一边留下这句话，那个女人跟在他后面出去了。

房间又恢复了安静，我的心跳逐渐平稳。我悄悄溜出房间，之后再也没有去过那里。

我记得在学校里我只有一个真正的朋友，叫露易丝。她有一头卷曲的红褐色头发，有些罗圈腿。她会拉小提琴，和我一样不喜欢参加体育活动，并且对学校里的其他女孩都保持警惕。她们管我俩叫"古皮士"，因为这样能让我们听起来很丑陋。我觉得她们中有些人是嫉妒我俩之间的紧密关系。我们是全年级最不受欢迎的女生。不过我们并不在乎，因为我们有彼此。露易丝不许来我家，我也不许去她家。如果我提出请求，爸爸就会说："与其和那些可能对你不闻不问的人在一起，不如待在真正关心你的人身边。"我从未想出如何巧妙地回应这句话，即使想到了，也绝不敢说出口。

在我十五岁那年的春季学期，我和露易丝冒险告诉各自的父母学校在周六上午开设了选修的复习课。我父亲一向喜欢我做些额外的复习，所以允许我去参加。我穿着校服，带上一个大包，里面装满课本，下面藏着另一套衣服。我和露易丝乘上前往学校的公交车，但我们一直坐到了布莱顿中心才下车。到了那里，我们便换上牛仔裤和露脐装，在镇上游荡，试图吸引男孩们的注意。

周六的出游成了我被严格管束的生活中最美好的部分。我们在吸引男孩方面收效甚微，因为一有异性和我们说话，我俩就变得沉默寡言。然而，我们在商店扒窃方面却相当成功：我们的主要目标是廉价化妆品。

最佳的扒窃地点是 Boots、Superdrug 以及一些小型独立药店。我们会锚定芮谜、蜜丝佛陀等价格较低的化妆品品牌，因为它们在店内的安保较少。口红会被悄悄顺进我们的口袋，眼线笔和眼影盘则会被丢进我的大包里。我们总是每家店只偷一样东西，因为一旦被发现了，可以用"一时大意"作为托词。

记得有一次在东街的大型 Superdrug 店里，我们挤在芮谜的化妆品展架前,把一盘蓝色眼影扔进放在地上我们脚边的露易丝的背包里。我若无其事地走出商店,刚到街上就被一名店里的女侦探抓住了。她带着我穿过员工通道,来到一间办公室。办公室里放着灰色的文件柜,屋子中间摆了一张大型会议桌。她让我坐下等待警察过来,她则坐在我的对面,一直盯着我,就像我是一只在她精心修剪的草坪上拉屎的狗。她一句话也没说。

坐在那里,我感受到了前所未有的恐惧,所有的不安都聚焦在我父亲的反应上。如果当时能了结自己的生命,我一定义无反顾。恐惧像一股热流在我的身体里流淌,我能感觉到脉搏在胸腔、脑袋甚至手臂里跳动得飞快。我的前额又潮又痒,手和腿不停地颤抖。嘴巴干得厉害,胃像个装满了飞蛾的滚筒烘干机。

几分钟后,露易丝走进了房间,身后跟着另外两个店里的男侦探。看到她的脸,我如释重负。她露出一副让我安心的笑容。男侦探从露易丝手中拿过她的包,将里面的东西倒在桌上。练习册、铅笔盒和校服散落出来。当男人翻找包里的东西时,很明显那个眼影盘已经不在里面了。女侦探问露易丝是否接受搜身,露易丝同意了。她被带到另一个房间,几分钟后又回来了,并朝我发射了一个微笑。三名侦探离开了房间。

我们沉默地坐着。我不敢说话,担心随时会有警察进来。"你没事吧?"露易丝问。我只是摇摇头,然后把头埋在桌上开始抽泣。女侦探回到房间,让我们跟她走。她把我们带回商店的楼层,告诉我们可以离开了,但他们已经记住了我们的脸,让我们以后不要再来了。我们默默地离开商店,走到海滨。我仍然觉得随时会有警察来把我抓走。

我们在卵石海滩上坐了一会儿,我一边抽泣一边问她到底发生了什么。她解释说，她看到店里的侦探跟着我出了商店，于是跑到另一个出口再折返，把眼影随便放到一个货架上，然后在商店里闲逛等着被抓。"相信我，艾米丽。我保证，他们没有在我身上找到东西，所以对我们无可奈何。没事的，我们不会有事的。"我恍然大悟，顿时松了一口气，忍不住放声大哭起来。我紧紧地抱住露易丝。在我生命中的那个时刻，这是有人为我做过的最善良、最了不起的事情。

那天下午我回到家时，父亲正在客厅里安静地读报纸。我跟他打招呼，他甚至连头都没抬。我回想起一个人坐在Superdrug的侦探办公室里时，心里有多么害怕他的反应。那一瞬间，我比以往任何时候都更恨他。

我们的扒窃之旅总的来说是成功的，并为我们的校园生活也带来了积极影响。我们开始以超低价格把化妆品卖给同年级和高年级的女生。这让我们有了一定声望，那个学年的剩余时间里，我们得到的尊重大大增加而被辱骂的次数降低了，我们的课本被扔到人行道踩踏的情况也减少了。然而，到了第二年，这种新地位急转直下，因为我遇到了皮特·福肖，学校里第二帅的男生，也是我所在年级最难搞的女生克莱尔·哈斯莱特的男朋友。

一个周日的早晨，我去报刊亭给爸爸买了一份当天的报纸。沿着海滨往回走时，我注意到皮特·福肖独自一人坐在前方的长椅上，正低头刷着手机。我暗恋他多年，但从没和他说过话。他穿着标志性的黑色皮夹克和深蓝色牛仔裤。他的头发总是最吸睛的部位：乌黑油亮，散发着自然的光泽，中间分开，完美地勾勒出他深棕色的眼睛。除了上唇旁边的一颗小痣外，他橄榄色的皮肤也完美无瑕。

每次我走过驻足的男人身边时,都不由得一阵焦虑。我不喜欢在走近时他们打量我胸部的眼神,而且我总能感觉到在我走开时他们的目光也紧盯着我的屁股。皮特在那里的情况就更加糟糕——像大多数其他女孩一样,我对他心存爱慕。随着我的靠近,他将眼光直接转向了我。我开始对自己的步态和步幅变得异常敏感。当走近到能够听见他声音的距离时,我走路的姿势就像一只戴着腿部支架的猩猩。更近了,这时,他把双腿伸展到了我前面。

"嗨,艾米丽,"他说,"你是不是拉裤子了?"

"是啊,"我回答,"我想要在早上来个炸裂的开场。"

"哈哈,有趣,既有趣又聪明。那么,周日一大早你就在外面做什么?"

"只是买份报纸。"

"我喜欢新闻。总有一天,我会出现在所有报纸的头条。到时候你可以指着报纸上的文章说:'我以前和这个人在海滨聊过天',大家会对你兴趣盎然。你相信我吗?"

"嗯,我相信你,皮特。"

"没错。来,坐一会儿。我们一起看看新闻。"

"不了,我还是回去了。我爸爸在等着他的报纸,在我和妈妈打扫屋子的时候,好显得他有很重要的事要做。"

"真坏,他是个懒惰的爸爸。来吧,就坐五分钟。我一直想和你谈谈心,了解一下你的经历。你相信我吗?"

他拍了拍他旁边的长椅座位,我顺从了。

"来吧,"他说,"挑一个你感兴趣的故事大声读出来。如果我也感兴趣,我们可以聊一聊。"

"好吧,但之后我就得离开。"

我翻阅着报纸,看到了一篇文章,讲的是印度一个城镇的狗群正遭受一伙猴子恐吓的故事。

"你对猴子有兴趣吗?"我问。

"也许有,也许没有,取决于什么样的猴子。试试看,我再告诉你。"

我开始朗读这篇文章。读了几段之后,他打断我说:"不,我对猴子不感兴趣,但我对你感兴趣,艾米丽。"

"什么意思?"

"我听说你一直从商店偷窃化妆品,然后在学校里兜售。我得说,这种行为让我很感兴趣。怎么可能不呢?谁会想到迷人的艾米丽·贝克竟然是个小偷?"

"我不知道你在说什么,皮特。"我回答,谎言清楚地写在我的脸上,我不断眨动的眼皮也佐证了这一点。

突然,我意识到他刚刚形容我"迷人"。

我的天,我想,这感觉真好。

"如果你的父母发现了会怎么样?"

"妈妈会让我给她偷一些抗皱霜,爸爸顶多会把我绑在暖气片上。"

"有趣,太有趣了。好吧,希望他们永远不会发现。来,我陪你走回去。"

我们沿着海滨往回走,远处就是家庭旅馆。我真希望它离得远一点,但它却不肯后退。当我们走到排屋的尽头时,他停下来要求我们拍一张合影。拍照时,他在我脸颊上亲了一下。我感觉自己面红耳赤,急忙抓起报纸说了再见。

"再见,皮特。"

"学校见。我会找你的。"

"我可能不好找,而且,你不是有女朋友吗?"

"没有,没什么正式的。"

我冲他笑了笑,挥手告别。回到房间后,我给露易丝发去短信,只说了一句:"我想我恋爱了。"

"什么?!和谁?"她回复道。

"学校里最帅的男生!!!"我激动地回复她。

接下来的那个星期,我和皮特在学校的餐厅遇见,并说好星期天在同样的地点和时间再见面。我早早地买好了父亲的报纸,这样就能和皮特多待一会儿。那是一个晴朗无云的日子。我们买了冰激凌,坐在海滩上,背靠着木制的防波堤用来挡风。我们接吻了。分开前他还拍了几张我们在镜子店里像小丑一样做鬼脸的照片。他问我愿不愿意做他的女朋友,我说我会考虑。回到家享用周日午餐时,我兴奋不已,甚至连我们老旧的餐厅和温暾的柠檬蛋白饼都似乎闪耀着神奇的光芒。父亲发现他的一个敏锐评论收到了我真诚的微笑时,他震惊地立刻转过身去。

第二天午餐,我和露易丝坐在学校操场上讨论着我和皮特的事情。聊天中,我们看到克莱尔·哈斯莱特带着她的三个朋友朝我们走来。我顿感不妙,便示意露易丝和我一同起身。哈斯莱特的意思简单明了。她举起一张皮特拍的我和他的照片,恶狠狠地对我说:"别碰我男朋友,你这个贱人。"

"我没有碰你男朋友,而且他说你们两个——"

还没等我把话说完,她的手肘就猛地砸在我的脸颊和鼻子上。我摔倒在地,抬头看到她俯身在我上面说:"你这个丑八怪,自以为是的贱人。"说完,她朝我脸上吐了一口唾沫,然后转身离去。她的朋友们因这一幕的暴力而兴奋地大笑起来。

尽管那周我和皮特有几次碰面,但都没有说话。我猜是哈斯莱特把他吓跑了。我也没有给他发短信，怕她会监视他的手机。如果你成了她的敌人，那么在学校的生活注定是场噩梦。接下来的星期天，我照例去买报纸，根本没有指望皮特会在附近等我。回家的路上，我坐在海滨长椅上怀旧，看着海鸥们争论昨天海鸥足球赛的结果。突然，他出现在我身旁，搂住我的肩膀，从口袋里掏出一条长长的、沾满灰尘的果冻蛇递给我。"这是给你的——算是道歉。我应该把那些照片扔掉的。真的很抱歉。"

"你说你没有女朋友，到底是怎么回事？"

"不是，我说我没有'正式'的女朋友。"

"那是什么意思？"

"意思是，我和她表现得像一对，但对我来说只是个非正式的安排。"

"好吧，显然她不是这么认为的。她在用力打我的脸之前还说你是她的男朋友。"

"该死，真的很抱歉，但她情绪不稳定这件事我也没办法。"

"你真的告诉过她你并不认为自己是她的男朋友吗？"

"真的，但没什么用。我觉得她习惯了为所欲为。"

"你害怕她吗？"

"不是害怕她，而是害怕得罪她的后果。"

"那么，你是个胆小鬼？"

"是的，这么说很公正，但我是个好看的胆小鬼。"

"你觉得我好看吗？"我随口一问。

"你比你自己意识到的好看还要更好看十倍。"

我们沉默地望着大海。我一直在给自己打气想说出内心的话。一只海鸥落在我们面前的护栏上，直勾勾地盯着我的眼睛，似乎在说:"现在谁是胆小鬼?"我接受了挑战,脱口而出:"听着,皮特,我真的很喜欢和你在一起,真心希望我们可以以诚相待,看看能不能成为真正的情侣。但在你处理好和克莱尔·哈斯莱特的关系之前,我不想再见到你。"

"我会处理好的,我保证。现在算了,别再想这些了。从报纸里挑一篇文章让我们讨论起来。"

"你保证?"我带着一种希望看起来极其严厉的眼神问道。

"保证。"他一边说,一边把果冻蛇的一端塞进嘴里开始咀嚼。我翻开报纸,停在一张大斑啄木鸟的彩色照片上。

"你觉得这个怎么样?挺有特色的,是吧?"我问。

"如果问我的话,我觉得比较花哨,有点矫揉造作。"他回答。

"和矫揉造作恰恰相反!它生来就是如此,从没考虑过自己的外表。"

"我明白,但我就是不喜欢浮夸。保持简单,言寓于行。你知道那些斑点和红色斑块都是用来吓唬人的吧?这个开头可不太好,你不觉得吗?爱在哪里呢?"

我笑了,抢过他手里的果冻蛇,转头靠近他,让他吻我。他立即回应了。这是我第一次体验到发自内心的热吻,因此也最具挑战。我的嘴唇被海风吹得干裂,而他的嘴唇因为果冻蛇变得又黏又甜。我听说接吻时应该用舌头,于是像蛇嗅空气一样将舌头快速进出他的口腔。我还从电影和电视上学到,接吻时应该发出愉悦的声音,于是断断续续地发出类似蟒蛇受到威胁时的哼声。我喘了一口气,趁机咬掉果冻蛇的头部,以统一黏糊糊的局面。它太难吞咽下去了,当我们再次接吻时,果冻蛇的头滑出我的嘴唇,掉在了长椅上。接吻变得更加狂热和黏腻,可我一直盯着那个果冻蛇的头。当我们终于停下来时,我俩的下巴都滴满了绿色的黏液。我像可爱的外星人一样指着他,慢慢地说:"你:我的男朋友。"

他用相同的手势回应我:"你:我的女朋友。"

这对我来说,很不错。

我们从未公开我们的关系,但哈斯莱特当然还是发现了。接下来那年的第一个学期,她对我展开了报复。

一天,我被叫去校长办公室。我爬上楼梯要过去时,哈斯莱特和她的几个随从正好从楼梯上走下来。他们的表情都有些严肃,只有哈斯莱特脸上带着一种奇怪的笑。他们到达楼梯底部时,突然爆发出一阵咯咯的笑声。他们向校长告发了我化妆品的小生意。这件事很严重,校长正在考虑报警。我坦白了一切,但没有牵扯到露易丝。我的父母正在赶来接我的路上。我将被开除。自那以后,父亲再也没有用关心或友好的语气跟我说过话。我需要在家自学,以便仍然能够参加 A-level 考试。不学习的时候,我还得每天帮助经营家庭旅馆。我告诉了父母露易丝参与偷窃的事,希望这样能在某种程度上减轻我的责任。这是一个大错。我父亲通知了她的父母,他们一致决定不再让我们两个见面了。我告诉母亲,等考试结束后我就要离家出走。她跟我说,她认为这是个好主意。

起初我每天都会和皮特通电话,但没过多久,电话里的我们就变得尴尬和疏远。下一次面对面见到他是在我去学校参加考试的时候。我们相视一笑,但无话可说。父亲开车送我去学校考试,并在外面等我,考试结束后立刻带我回家。那年的八月,也就是我十八岁生日前的几个月,我离开了家,搬到了布莱顿海滨附近的一间带家具的单间。我用奶奶留给我的钱支付了押金和前三个月的房租，还在附近的一家墨西哥餐厅找了一份服务员兼吧台员的工作。大约一个月后的一个晚上，我看见妈妈和爸爸在窗前盯着菜单看。他们对菜单上的菜品不感兴趣，于是转身离开了。这让我非常难过，但我告诉自己，这种悲伤是我重新开始和向前迈进的一部分。

后来我遇到了汤米。

13

当我从蜜橘那里回到家时,格蕾丝和拉苏正在楼道里等我。

"你看看现在几点了?你觉得我没有别的事要做,就站在这里等你吗?"

"见到你很高兴,格蕾丝。我可没让你像等着肝和洋葱的女王一样站在这里。"

"你怎么这么高兴?"

"因为我的邻居——就是你,格蕾丝——简直是个宝贝。来吧,我们抱一下。"

我张开双臂,向她迈近一步。她交叉着胳膊,假装出一想到拥抱就瑟瑟发抖的模样。

"你去见那个女孩了?你肯定去了,对吧?你真是个傻瓜。"

我的脸出卖了我,一旁的拉苏夸张地叹了口气。

"我十五分钟后过来,你可以给我讲讲你到底有多愚蠢。你的手提袋里装的是炸鱼薯条吗?"

"是的。"

"好,给我留点儿。"

说完她就摇摇晃晃地走回公寓,拉苏跟在她后面,被门打了一下脸。他抬起头望着我,仿佛在说:"都是你的错。"

十五分钟后,格蕾丝和拉苏准时到达。

"我想起来我刚刚为什么要见你了。"格蕾丝面带喜悦地说。她从口袋里拿出玉米棒形状的U盘,继续说道:"我一直在努力破解它的密码,但一无所获。我甚至尝试在网上寻找一模一样的玉米棒U盘,想看看密码指令是如何编程的,但也找不到。我找到了一个照片上看起来相似的产品,但没有任何出售的信息。真遗憾——这个U盘甚至没有制造商的名字。"

"格蕾丝,这已经不重要了。就算了吧。"

"不可能。现在的问题是,如果密码只是随机字符的组合,那我可能没有足够的算力来破解。还有另一种可能性,密码是设置密码那个人个人信息的组合——比如他的生日、妻子的名字、宠物的名字还有房子的名字之类的。你需要尽可能多地告诉我这类信息,然后我再试一次。"

"格蕾丝,布兰登还活着,所以下次见面时我可以直接还给他。"

"他还活着?!你怎么没告诉我?"

"我昨晚想告诉你的,但你不开门。"

"你怎么知道他还活着?你和他说过话了吗?"

"没有,但我今天去了警察局,问了一个警探关于这起谋杀案的情况。他四处打听了下,然后告诉我他们不知道我在说什么。我联系不上布兰登,打电话时只有'电话已停机'的提示,但我给他的办公室发了封电子邮件,他们确认他目前正在外出工作。所以,是的,我很确定他还活着。对不起,我应该早点儿告诉你。"

"我不会放弃的,至少在你真正和他对话之前不会。他给你那个U盘是有原因的,而且,我很享受这个挑战。别拦着我。

如果你拦我，我会立刻重新开始抽烟。"

"真的没必要，格蕾丝。但如果这么做会让你开心，我看不出有什么害处。"

"那么，你会尽可能多地给我提供他的个人信息吗？"

"嗯，我会看看我的文件里都有什么。"

"他有妻子吗？"

"有，但他们不久前分居了。"

"那你为什么不联系她呢？她可能可以告诉你发生了什么，也许她还知道他用的一些密码。"

"这是个好主意，格蕾丝。也许我会的。"我回答，但心里清楚我其实并不会这么做。

我把炸鱼薯条分成两盘，放在烤箱里保温。我们坐在餐桌旁，吃着食物，喝着冰啤酒。我告诉她我和蜜橘见面的情况。那个光头男引起了她的兴趣。她断定那人大概是个过分热心的讨债人，而蜜橘很可能是个拖欠房租的坏蛋。

"也许我应该提出帮她支付房租？你觉得那人可能不是她的男朋友？"我问。

"我怀疑不是。"她一边回答，一边又递给拉苏一大块炸鱼薯条。"据你所说，她大约二十五岁，有艺术气质，发型古怪，穿着马丁靴。我记得你说她有点像简·布里尔。如果你认为那人快四十岁了，穿得像个汽车销售员，那么我认为这不符合兼容性测试。"

"但我去找她的两次，他都在那里。"

"这不代表什么。如果别人欠你钱，你可能也会经常去催债。听着，如果你这么担心，为什么不直接问她呢？"

"不知道。好像有些冒昧和唐突。也许我并不想知道。你觉得咱俩兼容吗？"

"不兼容。"说话间，她把盘子放在地上让拉苏吃完，"但你和拉苏很般配。顺便问一下，简·布里尔到底是谁？"

"我也不知道。"

我们沉默地坐了一会儿，享受着冰啤酒，打量着彼此的脸。我一直很欣赏她上唇和嘴角周围的细纹，这些细纹表明她曾是个忠实的烟民。

"你为什么戒烟了？"我问。

"医生说如果我还抽烟，就会在髋关节置换手术的优先名单上往后排。"她回答。

"你怀念吗？"

"我怀念我的髋关节开始衰退和坏掉之前的生活。可惜的是，当时我并没有意识到自己的幸福。等到我再也无法出门活动的时候，我大概会躺在床上，每天抽二十支烟，直到我死去或者把自己点着。"

"我会跟你一起的。"

"什么，跟我一起躺在床上？"

"不是，是跟你一起抽烟——我也很怀念。"

我们又陷入了沉默，格蕾丝往地上的盘子里给拉苏倒了一点啤酒。

就在此时，我的手机响了。是个陌生号码，但我还是接了起来。

"喂？"我立刻认出了她的声音。

是蜜橘。

"嗨，你好吗？"我回答道，心跳漏了一拍，连肩上最长的汗毛都竖了起来。

"我很好，谢谢。只是想给你打个电话，上次在我家时我有点儿冷淡，不好意思。我不是故意失礼的，只是最近事情太多了。"

"没事，真的，见到你很高兴。"

坐在桌边的格蕾丝不假思索地说："天哪，是她。"

我假装生气地瞪了她一眼，用中指放在嘴唇上示意她保持安静。

"抱歉，你有客人吗？那我先挂了。"蜜橘说。

"不，不，不。"我一边回答一边走进卧室，以免格蕾丝听见我们的对话。"没关系。只是我的邻居格蕾丝，她过来聊天，我们谈到我拿给她的一个玉米棒形状的U盘。她正在试图破解密码，所以你可以想象有多么无聊。"

"你是间谍吗？或者是那种从网上银行账户偷钱的人？我现在倒是挺需要这类帮助的。"

"不是啦，只是工作上的事。那个U盘是布兰登的——你知道，就是在酒吧里和我一起的那个家伙。"

"律师相关的事？"

"对。"

我一时想不出该说什么。为什么我要开始谈论U盘呢？我不知道该怎么把话题拉回来。最后，幸好她帮了我一把。

"那个，你真的喜欢我家外面自行车轮上的塑料花吗？"

"哦，当然。这是用实际的自行车来进行的再利用，任何人看到都会惊叹。"

就在这时，格蕾丝出现在卧室门口，重复做出"男朋友"的口型。我把脸转向一边，但她却踏进房间几步，让我无法轻易忽视她的存在。我一边继续聊天，一边把她引到走廊，推出公寓,然后关上了门。

"你的公寓真不错。"我继续说道,"是买的还是租的?"

"租的。这样我随时想走就可以走。"

"就像罗伯特·德尼罗在《盗火线》里那样。"

"我觉得'发情'① 只适用于狗。德尼罗是个男人,一个演戏的男人。"

我笑了。"当他不演戏时,他只是一个男人,就像我、我的肉贩或者哈里·斯泰尔斯一样。只是一个不演戏的男人。"

我们都被我俩之间话语的幽默和节奏的欢快逗笑了。沉默打断了我们的交流,我决定向她问出我真正想知道的事情:

"嘿,你从来没告诉过我你的名字。是故意的吗?"

"不,你可能只是没问过。我叫艾米丽。很高兴认识你。"

"很有力量感的名字。"我回答,"五个字母的名字② 总有一种独特的力量。萨拉、格蕾丝、霍莉……或者……呃……科林。对了,我叫加里。"

我想,我要出击了。

"那么,艾米丽,我必须问一下,你现在有男朋友吗?只是问问。我没别的意思。"

我不应该问这个问题。我下意识地想到,接着立刻出了一身冷汗。

"没有正式的。"她回答,"听着,我真的很抱歉前几天对你那么无礼。希望你没有生我的气。"

---

① 原文中,加里说的是"Robert De Niro in Heat"(罗伯特·德尼罗在《盗火线》里),艾米丽强调"in heat"这个词组通常是用来形容雌性动物(尤其是狗)发情的状态,而不适用于人类。

② 艾米丽的英文是 Emily,有五个英文字母。后面提到的萨拉、格蕾丝、霍莉、科林对应的英文是 Sarah,、Grace、Holly、Colin,都是五个字母的英文名。

"没有,完全没有。我很高兴你打电话来。不要忘了,如果你有空,可以随时喊我喝一杯。"

"我或许会考虑的。我得挂了。再见,加里。"

"再见。"

她挂断了电话。我向空中挥舞着拳头,兴奋地大喊:"耶!"艾米丽,果然是艾米丽。这一直是我最喜欢的女性名字。我现在有了她的电话,简直控制不住想马上打回去再听一遍她的声音。

当我走回客厅时,我看到拉苏坐在我的椅子上,正吃着桌上我的炸鱼薯条。看到我,他跳了下来,却在半途失去平衡,撞到了桌腿,把我剩下的啤酒洒在了桌子上。在他做这个动作的同时,有人敲响了我的房门。是格蕾丝。

"我把拉苏忘了。"她一边走过我身旁,一边宣布。

"是的,我发现了。"我回答。她招呼了一声拉苏,拉苏乖乖地跟着她走出了门。

"我跟你说过多少次了,不要喂他!"这是她的告别语。

我坐在桌旁,思忖着和艾米丽的对话。"没有正式的。"这是她的原话。即使拉苏留下的讨厌气味也无法抹去我脸上的笑容。

14

第二天早上,我一走出楼梯间就撞见了我的松鼠朋友。他从一棵树上跳下来,径直跑向我,然后突然停住,用后腿站立开始清理胡须。

"你今天早上看起来挺精神的。虽然还是一副糟糕的样子,但身上有了点儿光彩。"我替他评论道。

"是啊,昨晚我和心仪的女孩取得了一些进展。"

"很高兴听到这个。你说的'进展'是指你们可能会再见面吗?"

"她说她或许会考虑。"

"哎呀,听起来不妙——有些冷淡。你可能需要想想她为什么会说这么模棱两可的话。"

"我想过,这是个问题。"

"那个,你认为你的朋友还活着,对吗?"

"看起来是这样。"

"那,那几个说他死了的警察是怎么回事?他们在搞什么鬼?你也该考虑一下这个问题。初步看来,这有些令人担忧。"

"如果让我猜,我会说他们并不是警察,可能是为被布兰登得罪的人干活儿的。他跟我提到过,他在调查一些不法之徒。

我猜他们可能在追着他要钱或者想给他点儿颜色看看。我觉得这就是他销声匿迹的原因。"

"他们为什么告诉你他死了？你仔细想想，不觉得这有些极端吗？"

"我觉得只是为了吓唬我，给我施加一些威胁，让我配合并尊重他们。"

"听起来他有危险。你应该考虑一下他是否需要你的帮助，老兄。"

"好吧，格蕾丝正在试图破解布兰登给我的那个U盘，我在协助她。"

"可能为时已晚，兄弟。"

就在这时，一声警笛响起，离街区入口越来越近，他立刻跳开了。我走过通往佩卡姆主街的那栋楼时，也吓了一跳，因为我看到了制服男从一辆停在住户停车位的货车里走了出来。货车上写着卡菲斯移动机械。他和另一个男人绕着一辆棕色雪铁龙SUV走了一圈，那个人大概是SUV车主。当我走近时，那个男人把钥匙递给他然后离开了。制服男双手叉腰，身体向后倾，好像在试图缓解下背部的疼痛。我在他旁边停下，向他打了个招呼。他友好地笑了笑，我猜他认出了我们在艾米丽的住宅区遇见过。

"对不起，老兄，这里是住户停车专用区。"我带着迷人的微笑说道。

"别闹了，你这个无耻之徒。你在这里做什么？每个住宅区都有你的女朋友吗？看你这副模样，我可不信。"

"不是，我住这里，就在那栋楼。我是这里的老大，所以一切都得通过我。我允许你可以继续你的工作了。"

"你真是太他妈慷慨了,殿下。"

"所以你是个移动机械师,专门在公寓小区里处理故障,是吗?"

"我在哪儿都能工作,老兄,但我收费便宜,所以是的,我确实接到很多这种地方的叫修。"

"看你抻展和弯腰的样子,我不太相信你真的像你说的那样灵活。"

"是我的下背部。今天真的很疼。弯腰的活儿太多了,真是对脊椎的折磨。医生给我开了止痛药,但它们对胃刺激很大,所以只能定量使用。"

我开始对这个家伙产生了好感,但心中的恶魔再次占据了上风。

"你试过荨麻吗?"我问。

"什么意思?吃吗?"

"不用,你只要抓一把,当然得戴上手套,然后把它们擦在难受的区域。"

"去你的吧。那会把我疼死。你觉得我傻吗?"

"这就是原理。痛觉感受器会把注意力从你的脊柱转移到荨麻造成的刺痛。你只需要决定哪种更糟糕:荨麻刺痛,你很快就会习惯——不然就是让你苦不堪言的可怕背痛。我试过好几次了,这种方法在军队里非常常见,尤其是皇家海军。"

"算了,听起来我就不喜欢。我一直不太能忍受荨麻刺痛。好了,我得继续工作了。再次感谢你让我把车停在这儿,殿下。"

"不用谢。如果你改变主意了,车库那边有一片荨麻。"

我走开了,在游乐区远角处停了下来,躲到一棵大山毛榉树后面。他再次拱起背,走向车库抓了一把荨麻。接着他回到雪铁龙旁,解开上身的工作服,把衣服垂在大腿上。一个路人正好经过,挡住了我的视线,我只好低下头盯着人行道以免显得鬼鬼祟祟。当我的目光再次回到制服男身上时,他已经趴在车前盖上,裤腿滑落到脚踝,正捶打着引擎盖,尖叫道:"啊啊啊,该死!哦,天哪!求求你,上帝,救救我!"

我感到有些愧疚,但又安慰自己,也许我的荨麻理论真的有些道理呢。

早上我约了韦恩在办公室见面,要为他做一份被捕情况的详情陈述。大约在约定时间的前五分钟,他打电话给我,问能不能在咖啡店见面,而不是在办公室。我同意了。任何可以逃离办公室的借口我都乐意接受。我们在咖啡店找了张桌子坐下,他开始讲述事情经过。他大致告诉我,他的父亲四年前退休了,退休前一直是刘易舍姆重案组的警探。那个小组腐败透顶,但他不想卷入其中。组内的其他成员都想把他赶走,因为认为他是个麻烦,担心有一天他会向苏格兰场的上司告发他们。他们在工作中让他苦不堪言,最终他屈服了,提前退休,离开了警队。几年后,一名报社或电视台的记者找到了他,他同意接受采访,谈谈南伦敦警队的腐败问题。不久之后,他在开车时被拦下,警察在他的车里发现了一大包可卡因——当然是被栽赃的。随后,他的一个老同事找到了他,告诉他说,如果他取消与记者的采访,指控就可以轻而易举地撤销。他同意了,指控被撤销,他再也没有收到那个记者的消息。他的猜测是,那个记者被吓退了——做出了一个明智的决定,结束了她的调查。

韦恩确信这次也是昨日再现。他们只是在提醒他的父亲保持沉默。他不知道是什么又激怒了他们,但他并不担心,因为他的父亲会做正确的事。他不想再浪费我的时间写详情陈述之类的东西。

"等着瞧,两周之内,指控就会撤销。相信我。"

我并不那么确定,但如果他想这么处理,我也没有异议。他还没有被正式指控,所以无论如何我也做不了什么。

"你穿这身破西装多久了?"他问。

"几乎每天都穿,已经两年了。"

"你看起来太寒酸了,老兄——像个地毯推销员或者卡片店老板。这不符合你的身份。你得好好打理一下,穿得更合身、更大胆一些,让人感觉你有点分量。你需要照照镜子,重新审视一下自己的形象。"

"我不像你那么张扬,韦恩。我是那种被称为低调可靠的人。这符合我的工作性质。如果我穿得太奢华,客户会觉得他们的钱都花在这上面了。我仔细考虑过这点。我不是啄木鸟,我是只胖乎乎的小鹧鸪,或者忙碌的小画眉鸟:貌不惊人。"

"看你这嘴,你更像只鹦鹉。"韦恩说。

"说到画眉鸟①,如果你继续穿那些紧身裤,迟早会感染。"我回道。

我喝光了咖啡,吃完了巴滕堡蛋糕,然后直接前往坎伯韦尔治安法庭,我要在那里申请对一位房东发出传票,因为他把不适合人类居住的房屋租给了我的一个客户。我坐在队伍里时,惊讶地发现我的老朋友小丑鞋男站在柜台前。他仍在努力追究他邻居的案件。我坐在他身后不到一米的地方,所以能清楚地看到他那双巨大的鞋子。当他把重心从一条腿换到另一条腿时,

---

①原文为 thrush,在英语里既有画眉鸟的意思,也指不舒服的感染,特别是指念珠菌感染(霉菌感染),这里是双关语。

他左脚的鞋子会发出轻微的潮湿的吱吱声。我喜欢在正式场合听到这样的声音。玻璃后面的女士脸上带着固定而耐心的微笑,但随着对话的发展,微笑逐渐消失。

"问题是,他是外国人。"——吱吱——"显然他不明白英国人的家是座城堡,绝不应该被陌生人闯入,尤其是外国人。"吱吱。

"对不起,先生,我不明白那位先生的国籍和这件事有什么关系。"

"那你就不称职。"——吱吱——"让我和法官或能理解我所受到的创伤的人说话。"吱吱,吱吱。(重心移了两次)

"您得先把这张表格填了,地方法官或法官书记员才能考量这件事。目前,您还没有正确填写需要您概述涉嫌罪行的部分。在您完成那一步之前,我无法将您的请求录入系统。"

"我已经填了!就在第二栏。你自己看。"

"我看过了,先生。"

"那上面写了什么?我想你会发现它像你脸上的鼻子一样清楚。"吱吱,吱吱,吱吱。(庆祝的摇摆舞步)

"上面写的是:'我的邻居晚上在我的阁楼里鬼鬼祟祟地制造噪声,听起来像小熊一样,这给我带来了极大的困扰和痛苦。'"

"看懂了吧?让我们开始行动,把那个浑蛋关起来。"

"对不起,先生,但非法侵入和噪声滋扰属于民事问题,由民事法庭管辖。这是刑事法庭。除非您的申请涉及犯罪行为,比如盗窃或袭击,否则我无法盖章将其录入系统。"

"所以在你看来,一个外国人"——吱吱——"可以进入别人的房子,像小熊一样叫唤,而不用担心任何后果,这是没问题的？"

"不，先生，我不是这个意思。我只是说这不属于刑事法院管辖的问题，这里是刑事法庭。"

"你是哪里人？你看起来不像本地人。"吱吱，吱吱。（紧张地来回移动重心）

"我来自德普特福德，先生。现在，如果没有其他事情的话，您后面已经排起了长队。我建议您咨询一下律师，看看可能有哪些补救措施。"

小丑鞋男带着沮丧的叹息声从柜台转过身来，直勾勾地盯着我。

"你是律师吗？"他问。

"不是，我是地毯推销员。"

"听起来很合理。"

说完这话，他迈步走出了房间，脚下的鞋子踩出了比吉斯乐队《活着》的节奏。发好传票后，我买了杯咖啡，坐在坎伯韦尔绿地的木凳上。我想到了布兰登，正好还有一个小时才需要回去工作，于是我决定顺便去趟他在锡登汉姆的家，留张便笺让他联系我，并解释下他的文件被偷了，但可以轻松补办。我还可以看看有没有他在家的迹象。

他的家是一幢两层的维多利亚式建筑——黄色的伦敦砖墙，白色的推拉窗，前后和侧面都有篱笆围成的花园。这里离其他房子有一段距离，我猜它可能曾是许多年前的某种门房。我穿过及腰高的铁艺大门，敲了敲前门。没人回应。这栋房子有一种家中无人的感觉。所有正面的窗帘都是拉上的，信箱里还插着一张本地餐馆的传单。我沿着铺满樱花的砖砌小路绕到房子的后面。后门在四分之三的高度处有一块小小的圆形磨砂玻璃。

我加大力度又敲了一阵门，但仍然没有回应。后门旁边的厨房窗户拉着百叶窗，所以我无法看到屋内的情况。我注意到在钥匙孔旁的油漆面上有一块遮蔽胶带在飘动，低头一看，脚边的樱花地毯上有一小张白色的便笺。上面简单地写着：我们需要谈谈。下面留了一个电话号码。我把号码记在手背上，然后又敲了一次厨房门，依然没有回应。我草草写下自己的便笺：请布兰登给我打个电话（没有什么紧急的事情），然后把它放进房前的信箱里。我离开时，十分担心布兰登的安危。

这种不安的感觉整个下午都没有消失，因此下班后我决定不请自来，拜访布兰登的工作地点。城畔调查公司就在丹麦山的坡路上。要是能和他的老板谈谈，那我肯定就可以放心了。

他们的办公室在一栋大型维多利亚建筑的二楼，楼下是一家博彩公司和一家游戏厅。可以通过两家店铺之间一扇不起眼的门进入大楼。一个刻有城畔调查公司字样的小铜牌和一部门铃对讲机标志着你的抵达。我按了门铃，得到进入的允许后上楼来到接待区。办公区大部分是开放式的，远端有两个隔断的办公室。这里显得非常忙碌，许多穿着不同紧身度衬衫的男人专注地盯着电脑屏幕，自信地对着电话沟通。可能是一家玩笑工厂——但我又有什么资格去评判呢？

接待员苏菲之前跟我有过工作联系，所以认识我。她让我坐下等候，同时她去询问麦考伊先生是否有时间聊聊。我没见过约翰·麦考伊，但听说他相当严肃，不是能随便招惹的那种人，如果你在他的地盘上捣乱，他会毫不留情地对付你。

因此，当他从一间办公室里走出来时，我看到的是一个身材矮小且相当虚弱的家伙，这令我惊讶不已。我猜他比全国男人平均身高至少矮五厘米，他穿着一件浅蓝色的涤纶衬衫，袖子卷到肘部，搭配一条宽松的深蓝色牛仔裤，用一对紫色背带系着。他看起来感觉非常瘦：瘦削的手臂，瘦长的脸，尖细的鼻子，还有逐渐稀疏的头发，紧贴着头皮——似乎用了某种造型产品。他的颌骨皮肤开始松弛，额头布满深深的皱纹。他身上有一种危险的气息，主要通过他那双锐利而湿润的蓝色眼睛传达出来。在我看来，这双眼睛距离太近了，缺乏情感或怜悯。不过，好在他的牙医给了他一个二十岁年轻人的笑容，而且他身上散发着像超模手提包一样的香气。他示意我进入他的办公室，我们在他的办公桌两侧坐下。我首先注意到的是，他面前的桌上放着一把看起来像手枪的东西。

"那是把枪吗？"我问。

"是的。"

"真枪吗？"

"你觉得呢？"

我拿起那把枪，惊讶于它的重量和质感。它看起来和摸起来都很真实，但肯定不是真的。

"可能不是。你不会在办公室放把真枪，即使放了也不会让我看到。"

"那你就没什么好担心的了，对吧？说说吧，我能帮你做什么，加里？我要提醒你，如果超过五分钟，我得向你收费。"

"好吧，那总比被枪毙要好吧。"我脸上带着一丝希望的微笑。

"没错。"他回答道，声音中丝毫没有轻松的语气。

"你看起来很忙——我没想到这是一项如此庞大的业务。"

"从来没有这么忙过。我一直在招聘新员工。保险欺诈、商业欺诈、IT安全、租金拖欠执行、驱逐和监视——大量监察工作。我告诉你,加里,这个世界已经疯了,我们正在清理残局。"

"了不起,很高兴看到这里生意兴隆。我来这里就是想打听一下布兰登的情况。他的电话停机了,我联系不上他。我只是想确认他是否安好。"

"他很好。你为什么这么关心?"

"因为他是我的朋友,我想主要是因为发生了一件很奇怪的事。上周五晚上我和他喝了杯酒,第二天两个自称是警察的家伙来到我家,告诉我他被发现身亡了。"

"胡说八道。"

"不,真的。我后来发现那两个人不是警察,显然布兰登也没有被害,但在他失联之前被告知他被害了,感觉很诡异。"

"你不用担心,老兄。这听起来像是典型的布兰登闹剧。显然他得罪了什么人——这也是他的本事——他们想要一个说法。他们希望你能转告布兰登,这样就相当于传递了一个隐含着暴力报复威胁的信息。我敢打赌他欠了他们钱或者搞砸了某个工作。听着,你不需要为布兰登担心。他那么狡猾,完全可以照顾好自己。当他来电话的时候,我会告诉他你跟我说的这些。"

"那么他有联系过你吗?"

"有,每天他都会打电话向我汇报他在处理的案件。他做得不错。"

麦考伊摆弄了一下他的手机,然后把屏幕展示给我。那是一张布兰登拿着一双袜子贴在脸上的照片,袜子上印着各种眼睛的图案。照片下面的消息写着:给你买了这双袜子,因为知道你喜欢眨眼,哈哈。发送于昨天下午四点五十七分。

"你有他的电话号码吗?"

"有是有,但没有他的允许我不能给你。就像我说的,别再想他了，专心做好你的律师工作。好了，五分钟到了，还有其他事吗？"

"那么，这是一把真枪吗？"

"你希望它是什么，它就是什么，加里。赶紧走吧，滚蛋。"

我离开了办公室，终于确信布兰登活得好好的。麦考伊说得对：我应该忘了布兰登，继续自己的生活。正当我沉浸于这个想法中时，一辆红色的宝马在办公室外面停了下来，半辆车身泊在人行道上。我在艾米丽的住宅区里见过的那个光头男跳下车来。他手臂下夹着一沓大号文件，衬衫紧绷，上面布满了汗渍。他径直从我身边走过，连看都没看我一眼。他身上散发出一种只能用加工肉来形容的气味。我不禁为艾米丽感到担忧——这家伙绝对有债务催收员的气质。

我没有回家，而是决定去格罗夫酒馆喝一杯，看会儿足球。距离比赛开始还有一个小时左右，尼克和安迪都不在，于是我坐在"艾米丽专座"上享受了一会儿。我翻看着最近的通话记录，以便可以长时间凝视她的电话号码。或许我应该打电话问她想不想来喝一杯。尽管我很想这么做，但我还是忍住了。我已经把主动权交给了她，这才是正确的做法。不过，我怀疑我能否再坚持几天甚至几个小时不打给她。看足球会是一个转移注意力的不错的消遣。

比赛开始了，我走到吧台，找到了我通常坐的吧台尽头的位置。到中场休息时，尼克和安迪还没到，于是我一个人看完了整场比赛。这是一场中游球队的冠军赛，所以尽管充满了拼搏和投入，但完全没有任何技巧或乐趣可言。

比赛结束后，我坐在半空的酒吧里，感到非常孤独，不仅仅是今晚的孤独,也是一种更广泛的孤独。我一边翻看手机,一边喝着第四杯啤酒。我决定拨打在布兰登家发现的那张便笺上的号码。为了谨慎起见,我先屏蔽了我的号码。响了几声后,电话接通了:"你好,我是彼得森督察。"

那一刻我吓得不敢出声回应。他又说了一遍:"你好,我是彼得森督察。请问是哪位?"

我挂断了电话。浑身是汗。虽然无法确定,但我觉得我认出了那个声音。是我认识的考利督察。我关掉手机,一口气喝完啤酒,然后回家了。

那天晚上,我久久不能入睡。为什么我要打那个电话?这个考利/彼得森是谁?他是真正的警察吗?(如果是的话,在关键时刻,我应该不会有麻烦。)还是他是个追杀布兰登的恶棍,他认为我知道的比我透露的多?(如果是这样,可能会有麻烦。)麦考伊桌子上的那把枪是真的吗?再一次,为什么我要打那个电话?我真是个蠢货。

最终我迷迷糊糊睡着了,但断断续续地醒来,听到隔壁拉苏在哼哼唧唧,偶尔还会吠叫几声。

早上醒来时,我听见拉苏在前门上抓挠。我去上班前还有充足时间,于是跑到隔壁,想带拉苏出去散步。我敲了敲门,听到拉苏在硬木地板上跑来跑去,并时不时发出几声有气无力的吠叫。格蕾丝没有回答,我试了试把手,门开了。我大声喊她的名字,但没有回应。拉苏像疯了一样,在走廊上来回跑,还不停地在格蕾丝的沙发上跳上跳下。我敲了敲她的卧室门,再次喊她的名字。仍然没有回答。我缓缓推开卧室门,看到她的床上没有人。她不在家。我站在她的客厅里,注意到她的笔记本电脑不见了，而且工作台的抽屉被翻过。书架上的一些书被扔在地上——看起来公寓被简单搜查过。她的智能手机被砸碎了，摔在地上。我有一种强烈的感觉，做这些的人是在找那个玉米棒U盘。这是我的错。

15

艾米丽

我喜欢远离父亲独处的感觉。

我喜欢独立生活。我的小单间又脏又破，墙纸剥落，淋浴间的天花板上满是霉斑。鲜红色的地毯踩在脚下嘎吱作响，窗户被油漆封死了。热水龙头出水滴滴答答，而冷水龙头里的水却像突然受惊的马一样喷涌而出。海鸥在我床上方的屋顶上踩踏和鸣叫，经常在早上五点把我吵醒。中央供暖的散热器在升温和降温时发出嘎吱声和呻吟声。尽管它拼尽全力，但温度也从未比拉布拉多犬的肚子热多少。

我从未如此快乐。

在仙人掌街区墨西哥小酒馆的服务员工作也很适合我。我的排班是从晚上六点到凌晨两点，但我经常要到凌晨四五点才能回家。

我们老板名叫汤米·布里格斯，来自巴恩斯利，而不是墨西哥。他三十多岁，身高一米八，体形健壮结实，长长的黑发经常扎成马尾。

他每天都穿着一件刚洗净熨好的紧身白衬衫，袖子总是卷到毛茸茸的前臂中间。他的鞋跟很高，牛仔裤大多是微喇板型。他是那种在聊天时声音很大以显得自信风趣的人。比如，他会这样问候叫杰夫的家伙："嗨，杰夫！你这个笨蛋，过得怎么样？"而对任何女士，无论她们脸上是否流露出一丝忧伤，他都会说："嗨，卡罗尔！别愁眉苦脸，坏事又不一定真的会发生。"

我挺喜欢他的。他不仅给了我这份工作，而且从未像对待其他员工和一些顾客那样对我大喊大叫——他有时很粗暴。我记得有一天晚上，一对夫妇抱怨他们的卷饼太辣了。夫妻两人都很安静，胆小如鼠，除了抱怨服务和环境外，彼此之间几乎无话可说。他们要求见经理。

"嗨，我是汤米，这里的经理。听说你们对食物不太满意。出了什么问题？"

老鼠先生开口说道："是墨西哥卷——太辣了。菜单上可没有提到说这基本上是个化学武器，会摧毁你的舌头和喉咙。"

"先生，没有提说明它不是。这是一种温和的辣味调味酱，菜单上的每道菜几乎都有，我从来没有收到过任何投诉。"

"好吧，可能是这样，但我想换一道菜。"

汤米把注意力转向老鼠夫人。

"你觉得呢，亲爱的？你看起来像在奶酪蛋糕工厂里的猪一样吃得津津有味。"

此时餐厅几乎鸦雀无声。

"你怎么敢这样对我夫人说话？"老鼠先生冲口而出。

"因为这是我的店，为了捍卫我的厨师和我的名誉，我想说什么就说什么。"

"如果你这样对待顾客，你将没有任何名誉可言。"

"那要看我想树立什么样的名誉。"

"我猜肯定不是什么好名誉。"老鼠先生说。

"那你们的夫妻关系怎么样？算好吗？还是她对你来说有点太辣了？你想把她退货换一道吗？"

"亲爱的，我们走吧。"

老鼠先生准备起身，但汤米把他推了回去：

"让我们一起唱首国歌，作为和解与善意的象征，否则，你不能离开。"

汤米单膝跪下，直视着老鼠夫妇的脸。他开始用他能发出的最大音量唱起来：

"上帝保佑女王，愿彼万寿无疆，天佑女王……快唱，你们俩。帮个忙。大家都喜欢这段。"汤米一边喝令，一边用拳头敲打着他们的桌子。

"啦啦啦啦，常胜利，沐荣光；孚民望，心欢畅……"

老鼠夫人开始跟唱起来，毫无疑问，她是被汤米鼓胀的眼睛和威吓的拳头吓到了。

"……治国家，王运长；天佑女王。"

三人之间沉默了几拍，紧张地对视着，汤米打破了僵局："很好，非常好，亲爱的，我想你们会同意这是这次用餐的完美句点。现在，滚出这里。"

夫妻两人默默地站起身。汤米坚持让餐厅里的所有人为他们鼓掌送别。

汤米住在餐厅上方的顶层公寓。房间装修得时尚现代，摆着皮沙发和大电视。每晚餐厅打烊后，一些顾客会被邀请上去继续狂欢。我很快成了这少数特权中的一员。据我所知，饮料和毒品都是免费的。这是汤米用来购置陪伴和仰慕的成本。在我心里，他是布莱顿之王，更像个电影明星而不是餐馆老板。

我不禁对他产生了好感。他对任何事都漠不关心。他在塑造自己的世界，而我很幸运成了其中的一部分。我们开始睡在一起，很多时候我在他那张镀铬装饰的特大号床上醒来。我并不爱他，但我爱他为我提供的生活。我很幸福。

这种生活方式持续了大约一年。某天晚上，我们像往常一样在汤米的公寓里狂欢，皮特带着几个朋友走了进来。他成熟得恰到好处，比我记忆中更帅了。他已经不再穿皮夹克，而是换上了复古棕色灯芯绒西装和军靴。这个造型在一个瘦削的男人身上显得非常出众。他的朋友一离开，我就悄悄走过去坐在他旁边。我很兴奋，还有些心动。"嗨，皮特。你好吗？"我问。

"艾米丽！你怎么在这里？"

"我在这里工作——这是我谋生的地方。"

"不会吧。你父母知道吗？"

"应该知道。我已经很久没见过他们了。我离家后他们就分开了。我妈妈现在和她那个蠢妹妹住在莱斯特。"

"那个妹妹有多蠢？"

"就算不是彻底蠢，也是非常蠢。"

"那他们把旅馆卖掉了吗？"

"没有，爸爸还在经营。他把旅馆的名字改成了蜜月酒店，我觉得目标客户是乱搞男女关系的人，或者是室内偷窥爱好者。"

"真是有趣的艾米丽。所以你没上大学什么的？"

"没有，我从高中毕业后就一直在这里。我现在是经理助理，很受尊重。你在忙什么呢？"

"我在伯恩茅斯大学学电影研究。"

"所以，你们是整天看电影然后进行谈论吗？"

"有时候电影太好了，我们都没的讨论。"

"出于敬畏吗,还是什么?"

"差不多。还有就是我们有更重要的事要做。"

"听起来像是在浪费时间。"

"是啊,大多数事情都是这样,但如果和好的人在一起,就还算愉快。你和好的人在一起吗,艾米丽?"他问。

"用你的话说,还算愉快,谢谢关心。嘿,你的名字出现在报纸头条了吗?"

"是的。"

"那么,是什么原因呢?"

"我在度假营地搞了一只水獭。"

我笑了,我们又聊了一会儿,直到汤米招手让我过去。他不喜欢我和其他男人说话,冷落了我一阵,然后告诉我该回家了。皮特一定是看到了我离开,因为我在路上走了大约五十码,就听到身后传来脚步声,转身看到他挥手微笑着赶上来。

"你觉得你真的会拍一部电影吗?"我们并肩走着,我问道。

"不会,那不是我的追求。我只要相信有一天我可能会拍一部电影,就足够让我坚持下去。我可以送你回家吗?"

我们一起回到了我的单间,听了些音乐,聊起了美好的旧时光。他告诉我克莱尔·哈斯莱特生了一对双胞胎女儿,我没有感到惊讶。但得知孩子的父亲是我们以前的音乐老师安德鲁斯先生时,我大吃一惊。我一直认为他是同性恋。当我们躺在床上聊天时,突然传来一阵剧烈的敲门声。

"艾米丽,你在里面吗?他妈的快开门。"

糟了。是汤米,他听起来很不高兴。皮特猛地从床上跳下来,站到窗边。

"他妈的,是谁?"

"没事，皮特，只是我工作上的老板。冷静点儿。"我安慰他说，然后打开门让汤米进来。他不再大声说话了，这不是个好兆头。他走到皮特面前，脸离皮特只有十五厘米的距离。

"你他妈是谁？"

"他只是我的一个老同学，汤米。"我告诉他，"我们只是在叙旧。"

我把手放在他的肩膀上以示安慰，但他一下子推开了我，目光始终没有离开皮特的脸。我摔倒在床上。

"我没有跟你说话。来吧，军靴男，告诉我这到底怎么回事。"

皮特明显在发抖，但他还是勉强挤出了一句轻声回答："就像艾米丽说的那样。我们是学校里的朋友，只是在叙旧。"

汤米把手掌放在皮特头顶，开始揉捏他的头皮。

"我看到你俩在我的公寓里聊天，然后看到你跟着她出来。是她邀请你过来的吗？"

"呃……不是。就是顺其自然。我们是老朋友……"

"所以你的意思是，你是不请自来的，是吗？"

事情的发展让我心生抗拒，于是再次插话道：

"听着，汤米，是我让他进来的。什么事都没发生，也不会发生。我们只是朋友。"

汤米把手从皮特头顶拿开，快速捏了捏他的脸颊。他用手指着皮特，然后走过来坐在我旁边的床上。

"如果你们是这么好的朋友，"他说，"那么告诉我，艾米丽，你们上次说话是什么时候？你们上次为了培养和发展这段伟大的友谊而沟通是什么时候？"

"我们离开学校后就没说过话。"我回答，"听着，汤米，你到底有什么问题?我告诉你的是实话。什么都没发生。"

"你们是在我的公寓里安排了这次私会吗?在他妈的我的公寓里!"

皮特接过话茬儿:"听着,老兄,我们没有安排任何事。我只是恰巧和她同时离开,然后我们偶然碰到了——没别的。我现在就走。我不想惹麻烦。"

皮特朝门口走了几步,但被汤米拦住了。

"别啊,怎么不多留一会儿呢?也许我们可以成为好朋友,然后两三年后再见面,在床上畅聊?"

"那个,我不知道这里发生了什么。"皮特说,"我想我最好还是走吧。"

"你知道吗?我觉得你说得对。我跟你一起走,我们可以在街上叙叙旧。"他把皮特推出门,转过身说:"你不用再为我工作了。我希望你觉得值——你只能怪你自己。"

他们离开了,我当然担心皮特的安全,但我没有跟出去,只是躺在床上,把头埋在枕头里哭泣。我知道我再也见不到皮特了。

接下来的几天里,我躺在床上,感到极度痛苦和害怕。奶奶的钱已经花光了,没有了这份工作,我无法支付房租。我想念共事的同事,想念餐厅的热闹,讨厌被迫去考虑不确定的未来。我想念工作后的狂欢,那总能让我心情好转。我希望一切能再次变得"还算愉快"。

最终我从床上挣扎着起来,前往餐厅想收拾一些我的东西,并向同事告别。我特意选在下午六点整,希望不会遇到汤米。结果,当我走进餐馆时,遇到的第一个人就是他。他正端着一托盘的杯子,准备摆到桌子上。他一看到我,就走过来把托盘递给我,然后一声不吭地走进了后厨。我把这当作一个信号,于是将玻璃杯摆到了桌子上。几分钟后,他出现在我旁边,将一件白色衬衫扔在我面前的桌子上,然后又一声不吭地走开了。那件衬衫是餐厅制服。我去洗手间把衣服换上——看起来我的工作还没丢,如果真是这样的话,我求之不得。

餐厅员工似乎完全不知道我被"解雇"的事,只是询问了我的健康情况,希望我早日康复。那天晚上我拼命工作,几个小时后,过去几天来我胃里那种恶心的感觉消失了。汤米始终没有和我对视,我下班后直接回了家,仍然没有和他说过一句话。这样的僵局持续了接下来的几个班次,直到某个晚上,在我准备离开时,他从吧台后面走到我身后,把手环绕在我的腰间。他靠过来,在我的脸颊上亲了一口。

"你做出了正确的选择。"他在我耳边低语,"今晚为什么不留下来呢?"

我转过身,吻了他。我感到无比幸福。在那短暂的一刻,这感觉就像是爱情。那天晚上晚些时候,我们在他的床上吸食可卡因。他看着我笑,把手放在我的头上开始摩挲。我回以微笑。我想就是在这一刻,我意识到我的人生已经不再由我自己掌控。

大约一年后,我铸下了另一个大错。虽然我仍然有自己的公寓(和原来的小单间在同一栋楼里,稍大一些),但大部分时间都住在汤米那里。一个星期一的早晨,我难得在自己的床上睡觉(餐厅周日晚上不营业),大约凌晨四点,我接到了汤米的电话。他似乎有些慌乱,说要过来看我。

他到了之后跟我解释,说他正在进行的一笔毒品交易出了问题。警察突袭了现场,他设法逃脱了。他说,如果警察联系我，我一定要告诉他们我整晚都和他在一起，这点非常重要。他告诉了我一个简单的时间线，让我必须记住，然后我们花了一个小时清理了我的公寓里所有可能有毒品证据的地方。我需要早上七点去餐厅，对他的公寓也进行同样的清理。他已经在那儿清扫了他知道的东西，但他希望我能仔细检查每个角落。我当然答应了。他需要休息一会儿。

中午，警察在他工作的地方逮捕了他，随后来到我的公寓向我取证。我坚持了我们商量好的说法，当天晚上汤米就恢复了自由，回到了工作地点。他笑得像匹马一样，紧紧抱住我，紧到把我的文胸都挤掉了。接下来的三个月里，他像对待排行榜上的头号公主一样对待我。他公寓里的深夜"闭门"聚会停止了，我们像一对已婚夫妇一样生活。我努力不在汤米面前和任何人调情。他经常送我一些小饰品和漂亮的衣服。生活真的还算愉快。我甚至说服他理了头发，剪掉了马尾辫。剪下来后，我用发胶把它固定住，挂在餐厅的吧台上。下面还放了个小牌子，写着汤米传奇。

然而，最终，"闭门"聚会又恢复了，汤米变得不再那么关心我。他的情绪波动似乎更加频繁，管理他的情绪异常困难。他开始变得偏执，一心认为被逮捕的毒贩会来找他算账。显然，这样的传闻在镇上流传开来，主要是因为汤米毫发无损地逃脱了，而那个毒贩却被判了十八个月的监禁。我们永远无法确定这两件事是否相关，但一个星期天晚上，餐厅被纵火焚毁。汤米通过后面的消防通道逃离，当天就宣布我们应该永远离开布莱顿，留在那里不安全。我没有公开反对这个决定，但我们驶离城镇时经过了我父母的旅馆，这是我第一次觉得它让我想起了更快乐的日子。

我们的目的地是南伦敦。汤米有一个来自约克郡的老朋友，帮他联系了一家叫城畔调查公司的企业。这家公司长期需要可信且通过验证的人帮助收租金、送文件、做监视等。我认为汤米并不真的喜欢，但这份工作承诺提供一个不错的两居室，是前地方政府的公寓，位于沃尔沃斯的格兰奇住宅区，由公司老板拥有并对外出租。汤米把这份工作当作临时过渡，最终却在过去四年里一直在那里工作。他不喜欢我出去上班，但随着他工作量的增加，我偶尔会在某些任务中需要女性化的处理时搭把手。例如，送达传票或禁令时，外面站着的是一个看起来人畜无害的二十多岁的女士，门会更容易打开。还有一些工作，完全需要女性来完成，比如蜜罐陷阱：这些案子里，妻子确信丈夫在出轨，想通过设置诱饵（一个美丽且似乎愿意贴上去的女性）来测试丈夫的忠诚度。我只参与过两次这样的工作，每次汤米都会在附近观察情况。其中我印象最深的一次是在坎伯韦尔新路上的一家酒吧里进行的。我听说，客户是一位多疑的妻子，她联系了汤米的老板，说她怀疑自己的丈夫那天晚上会出去猎艳。丈夫打电话给她，用一些蹩脚的借口说晚上可能回不了家。她确信他会去那家特定的酒吧，并在那里找个女人。

汤米给我配备了一个伪装成胸针的微型纽扣摄像头，我把它别在了外套的翻领上。他还为我挑选了一套他认为合适的服装——一件解开顶扣的白色衬衫，一件灰色西装外套和一条紧身牛仔裤。他允许我穿着自己的马丁靴。我们分开抵达酒吧。汤米坐在吧台旁，我则在后面的"温馨角落"坐下——这是情侣幽会的理想场所。通常我一个人坐着的时候会拿本书读，以避免不必要的搭讪，但今晚我需要显得可以接近。

那个蠢货大约在我们之后十分钟到的，还在吧台和汤米搭话。汤米后来告诉我,他的第一句话是:"今晚这里的妞儿不多啊。"那个蠢货偶尔会朝我这边看,当他看过来的时候,我会微笑回应并表现得有些局促,希望给他一种我一个人坐着不太自在的印象,以鼓励他行动起来。最终,他拿着一瓶劣酒和两只新酒杯走到了我的桌子旁。

"一个人吗?"他问。

"是啊,我想我被放鸽子了,正准备离开。"我回答。

"别呀。来吧,一起借酒消愁。"他一边坐到我身旁的座位上,一边倒了两大杯酒。

那个蠢货大约四十岁,在伦敦市中心的一家银行工作。你完全不需要我的帮助就能猜到他的外形。他穿着深蓝色西装、白衬衫,打着一条极细的浅蓝色领带。他的肤色是猪皮一样的粉红色,嘴唇几乎看不见。沙褐色的头发,向后梳过头顶和耳朵,并用某种发油紧紧固定着。他身上有种像风油精和薄荷的味道。不算难闻,只是最初的味道有些刺鼻。他的口音很高雅,带有鼻音。

"是哪个傻瓜会放你这么个甜美女孩的鸽子?"他问。

"只是个工作上的同事,本来也不是个确定的安排之类的。"我回道。

"我叫劳伦斯,忘了说。"(其实不是。他叫约翰,约翰·贝尔。)

"很高兴认识你。'忘了说'是你的姓吗?"

"不,不是的。我应该说,'忘了说,我叫劳伦斯。'哈哈,这很搞笑。我姓罗马诺。我父亲是意大利人,他在某地的郊区拥有一家罐头工厂。很大的地方。每年生产超过一百万罐——意大利面、桃子和一大堆豌豆。你喜欢吃罐装豌豆吗?我更喜欢在厕所里吃那个,哈哈,搞笑吧。这真是太有趣了。"

"你介意我换个座位,坐在你对面吗?"我问,"我觉得这样聊天更方便。"

"当然不介意,这样更加便于我欣赏你的美貌。"

我换到了他对面的座位,这样我的摄像头就能更好地捕捉到整个过程,同时还可以将汤米排除出我的视线范围,这也让我松了一口气。

"这样好多了。那么,你是打算来这里快速喝一杯就回家吗?"我带着感兴趣的表情问道。

"快速喝一杯对我来说是不错,哈哈哈,不过不是,我今晚要在外面玩。我工作努力,玩得也疯狂。有些人认为你不做体力工作,就不会疲惫,但其实并不是这样。我今天在大额养老金投资组合之间转移了数百万英镑的资金,那些决策的压力真的让人精疲力竭。所以,是的,我今晚要出来玩,必须的,妈的。"

"你住在这一带吗?"

"怎么可能?谁会住在这个鬼地方。我住在雷盖特附近的乡下。(其实不是。他就住在肯宁顿,离这里不远。)"我一个人住。老婆几年前得癌症去世了。(其实不是。她上周末还跑了个十公里。)可惜没有孩子。不然那应该会是个很好的遗产。(其实他有两个孩子,分别三岁和五岁,长得都不像他。)"所以,不,我不住在这一带,但工作需要时,我会住在象堡附近的一家小精品酒店。(叫大藏红花酒店,四十四英镑一晚,没有电视,没有迷你吧,也没有枕头上的巧克力。)"不过,我确实感到孤独,所以今晚有你的陪伴对我来说真的很特别。"

他伸出手握住了我的手。我希望汤米能保持冷静。我享受这个挑战，也享受惩罚这个蠢货的过程。

"你呢？"他问，"你是本地人吗？有哪个幸运儿能让你感到温暖和满足吗？"

"没有，我好多年没有跟人谈恋爱了。好吧，除了和我的猫，偶尔还有它的兽医。"

"你有个兽医男朋友，很了不起。我喜欢兽医。他们非常投入地照顾动物，而我非常喜欢动物。我家里有两只猫——一只姜黄色的和一只不那么姜黄色的。"（他们没养宠物。他讨厌动物。这是他妻子不信任他的原因之一。）

"不，我和兽医没有关系。我只是偶尔带猫去打疫苗时会见到他——只是个玩笑。"

"哦，我的天，太搞笑了！你只是在开玩笑。你真是个乐趣无穷的人。真的，你简直是完美的存在。你能不能稍等我一下，我要打个电话。"

"当然。我来给我们再倒点儿酒，好吗？"

"没问题。"

那个蠢货走到街上去打电话。我猜他大概先在大藏红花酒店预订房间，然后再打给妻子确认晚上不回家了。他在外面的时候，汤米过来告诉我他需要离开十五到二十分钟，问我有没有问题，还让我在他回来之前一定不要离开酒吧。为了让他满意，我答应下来。

那个蠢货回来时，脸上挂着一种奇怪的、没有嘴唇的笑容，这让我确信他可能已经在酒店订好了房间。"不好意思。"他说，"我必须随时待命，以防有下属弄砸事情。那么，我们刚才说到哪里了？啊，对，我在说和你在一起是多么开心。"

他一口喝光了杯中酒，又用瓶子里剩下的酒把杯子斟满。

此刻汤米走了，我开始更加享受这一切。我已经有好几年没有和人调情了，而我在这方面的能力令我自己都感到惊讶。我决定尝试推进事情。

"你长得不错，在雷盖特有房子，社会地位也举足轻重，可以说肯定相当抢手。我真不敢相信你还没有找到可以分享生活的人——当然，你要尊重亡妻的回忆，但两年时间已经很长了。"

"很简单，因为我从未遇到像你这样的人。（据他妻子猜测，他每个月换三四个女人。）那个，瓶子里的酒已经喝光了。我们去吃点东西怎么样？在我酒店旁边有一个很棒的小餐馆。我敢保证你会爱上那里的。"

"太好了。（我在意念里已经呕吐出了一千只罐装虾。）嘿，希望你的妻子不会在天上看着我们。"

"哈，是，太搞笑了。她真的不会介意。她希望我快乐。那，我们出发吧？"

"呃，可以再等二十分钟左右吗？看我的朋友会不会来。我给他发了几次短信，但他还没回复。这样可以吗？我去给我们俩点杯鸡尾酒，好吗？"

"我就不喝了，谢谢。你是做什么工作的？"

"我设计海报、传单和各种印刷品。我想你会称我为平面设计师，但我没有受过专业培训。"

"听起来无聊透顶。我上学时就讨厌艺术——总是觉得完全没有意义。你看起来不像是搞艺术的类型——除了你的鞋子。"

"我看起来像什么类型？"

"这个嘛……"他上下打量了我一番，还用手摸了摸我的头发，那感觉令人作呕。"客服……哈哈哈，搞笑！开玩笑的。给我讲讲，你今晚要见的这个家伙，有什么吸引你的地方？"

"他长得好看，举止优雅，而且会逗我笑。他对我表现出了兴趣，所以我想这是最主要的。"

"比我好看？我保持怀疑。开玩笑的，不过听着，我不信你是平面设计师。就凭你那件灰色外套和那枚难看的胸针。"

他抓住那枚胸针，向自己扯了过去。胸针从外套上脱落，露出了连接的线。

"这是什么鬼东西？"他惊呼道。他继续扯，直到至少三十厘米长的线完全暴露出来。"你他妈的在拍我？你这个小浑蛋。我老婆派你来的，是不是？你这个狗屎。"

他站起身来，使出全力拉扯那根线。我感觉到线另一端的小黑盒从我的腰带上脱落。他加大力气继续拉，更多的线从我的翻领里露出来。盒子被强行从我的腰部向上拽，但被线缠住卡在我的文胸下面，我痛得尖叫了一声。我站起来，抓住线。他用力抓着我的衬衫前面，试图掏出盒子。我无法尖叫，也无法说话。我放开手里的线，只是直直地盯着他的眼睛。

"把该死的摄像机给我。你不把那个该死的相机交出来，就别想离开这里。"他咆哮着。

我把手伸进衬衫里，开始拧动连接线和盒子的接头。他环顾酒吧里的五六个顾客，对他们露出安抚的微笑。

"不好意思，只是衣服出了点问题。"他对那些关切但温顺的旁观者说。

我停下了手头的动作，双臂垂到身体两侧。"你为什么不干脆离开她？"我问。

"把相机给我。"他回答。

"我不会给你的，除非你从我身上扯下来。就像我说的，你为什么不干脆离开她呢？"

"如果你把录像给她，那就会是她甩了我。"

"嗯，也许那样对你来说会更容易些。"

他放开了线，从桌上拿起我的酒杯，把里面的酒一下子倒进嘴里。他跟我对视了片刻，然后吸干了酒杯里的最后几滴酒。

"去他的。"他宣布道，"告诉我老婆，我很抱歉。"然后他大步走出了酒吧。我重新坐回椅子上，把盒子复位，整理好衬衫。酒保走过来问我有没有事。

"没事。"我回答，"我可以看看鸡尾酒酒单吗？"

不久之后，汤米回来了，看到我在喝酒，摄像机摆在桌子上。

"嗨，宝贝，他怎么走了？你拿到录像了吗？"他问。

"是的，都在里面。我觉得任务完成了。他让我们向他的妻子道歉。"

"我会写在报告里。我怀疑这没什么用。"

"可能有用。"我回答，但其实并不真的相信这会有什么作用。我们离开酒吧时，汤米把那个蠢货用过的酒杯放进了我的手提包里。这是他在执行监视任务时被告知要做的事——收集一些"目标"接触过的东西。

接下来的三天里，汤米几乎没跟我说话。只是看到我和另一个男人坐在一起就让他醋意大发了。我一直对自己说：干脆离开吧。但这个念头最终淡去，隐匿在内心深处。藏了大约一年，上周我帮汤米执行监视任务时，这个念头又冒了出来。这个任务是那种我什么都不知道，也什么都没问的工作。目标对象是汤米在城畔调查公司的同事，名字叫布兰登。我要做的只是当他与某人在坎伯韦尔的格罗夫酒馆会面时密切地观察他。我的任务是确认他见的那个人，更具体地说：是观察布兰登是否将任何文件，或者说任何东西，交给那个人。汤米不喜欢我一个人去那里，但他的老板要求他去别的地方。

我比布兰登早到了大约十五分钟，在吧台末端找了个座位，点了一杯柠檬水。我没见过布兰登，因为汤米不允许我去办公室，也不让我参加任何与办公室工作相关的社交活动。汤米给了我一张他的照片，并告诉我他很有辨识度，因为他有一张像薯片一样的脸，还穿着一双在大喊"浑蛋"的袜子。他说得没错。当布兰登走进酒吧时，我第一眼就注意到他那双荧光粉的袜子，上面印着黄色扳手的图案。他坐到吧台中央，点了一杯啤酒。他提了一只廉价的棕色皮质公文包，喝酒时一直紧张地摆弄着包的把手。

过了一会儿，一个穿着廉价深灰色西装和敞领白衬衫的矮个子男人坐到了布兰登身边，他看起来像个地毯推销员，或者是市政厅的文书助理。我从包里拿出一本书，假装在阅读，偶尔假装刷刷手机，其实是在拍摄他们两个人的照片。他们聊了一会儿，地毯推销员去了洗手间，趁他不在时，布兰登摆弄着他的公文包里的东西，还接了个电话。地毯推销员回来后，他们继续聊了一会儿。我能听到他们大部分对话，都很平淡无奇。后来，布兰登在一张纸上写了些什么，然后把纸条塞进了地毯推销员的口袋。然后布兰登离开了，而地毯推销员依然坐在吧台旁。

我决定要弄清楚那张纸条上的信息，于是我走到他身边，随便说了一些话，希望能鼓励他和我搭讪。他果然上钩了，坐到了我的桌子旁。他是那种有些紧张但很有趣的人。他让我想起了皮特，但没有那么浮夸和幼稚。他似乎很在乎我，急切地想要了解我。是个很容易让人喜欢的家伙。我们的对话自然流畅，我记得他对我假装在读的那本《小蜜橘谜案》特别感兴趣。结果发现，他只是布兰登的一个工作上的熟人，而那张纸条上写的只是布兰登的私人电话号码。我本可以找借口离开，但不知不觉中却跟他聊了两个小时。后来，他去了洗手间或吧台，就在这时汤米打来了电话。

"你他妈的在哪儿？"这是他的开场白。

"我正要离开酒吧。刚才和布兰登聊天的那个人刚走。我担心布兰登会折返，所以想着多留一会儿。"

"我就在附近，我来接你。"

"不用了，没关系，汤米，我骑自行车来的，我就——"

他已经挂断了电话。我这辈子从来没有如此迅速地离开过酒吧。

回到家时，汤米已经在等我了。很明显，他因为我一个人在酒吧待了这么久而心有不快。不过，我的解释无懈可击，他只能闷闷不乐。第二天，他把怒气发泄在我的自行车上，把它从阳台上扔了下去。

"从现在起，你要去哪里，就他妈找我送你过去。"他一边喊，一边把自行车扔了出去。

几天后，他带回了一个据称是警察的朋友。他们想让我详细讲述在酒吧里地毯推销员和布兰登之间发生的事。我重复了一遍我的故事，我想，我说服了他们这次会面完全是无害的，那个地毯推销员只是布兰登的一个普通熟人。对于我在布兰登离开后还在酒吧待了这么久，汤米始终耿耿于怀。我告诉他，我花了很长时间才让地毯推销员透露出那张纸条上只是一串电话号码。汤米非常激动，我能看出来他并不相信我。临走时，他在我脸颊上亲了一下，低声说："你死定了。"这话我以前听过很多次,它早已失去了威胁的力量,只让我感到悲伤。

不久之后,加里真的出现在我家门口,宣称他急于归还我落在酒吧的那本书。他还拿我用来装饰变形自行车轮的塑料花开了个不错的玩笑。我能看出他对我有意思。我们在酒吧里共度的那几个小时,就像是让我瞥见了一个更幸福的地方。

那天晚些时候,我翻看那本书时,正好打开在加里折了一半的书页。读到他最近也读过的一段文字时,感觉我们之间更加贴近了,甚至比我们一起站在阳台上时还要亲密。

> 她对孤独感到麻木,这种感觉既熟悉又令人安心。她因思考自己的命运而感到疲惫。她的血液在悲伤中缓慢而沉重地流动。她确信,洞穴外有巨大的危险。那个把她带到这里的盲人老者就是这么告诉她的。他每天仍然会带来食物和水,并对她说:"外面有鳄鱼,它很饿——你绝不能贸然出去。"
>
> 有一天,一只老鼠走进了洞穴,问她为什么住在这个可怕的地方,而那么多财富就在她的门前。
>
> "我不能离开。我害怕入口处等待吞食我的鳄鱼。"她解释道。
>
> "别傻了。"老鼠说,"跟我来。"
>
> 老鼠带着她穿过一系列迷宫般的小隧道和狭窄的洞穴,他们终于来到另一个被荆棘丛堵住的出口。
>
> "到了。"老鼠说。
>
> 她能闻到洞穴外弥漫进来的橙花和柠檬花的香气。她能听到远处的鸟鸣声和荆棘丛后面的涓涓细流声。
>
> "去吧。"老鼠说,"离开这里,去探索外面的世界。"

她拒绝了。"谢谢你，小老鼠，但我想我暂时还是愿意留在这里。一直给我送食物的盲人对我很好，如果我离开，他会很想念我的。"

"随便你。"老鼠说，"那我就不管你了，你自己找路回去吧。盲人会知道我们的见面。"

第二天早上，盲人像往常一样带来了浆果和坚果。那天晚上她因食物中毒而死去。

16

当我发现拉苏似乎是被遗弃在被盗的公寓里时，第一反应就是打电话报警。警察只是问我是否能确保房子的安全并照顾这只狗，我解释说我认为格蕾丝是弱势群体，但他们坚持让我等四十八小时再给他们打电话。他们给了我一个正式的案件编号，并说社区警官应该会在接下来的四十八小时内到访。

我打电话请了一天病假，然后开车带着拉苏出去寻找格蕾丝。他坐在后座上，似乎被汽车的声音和晃动搞得困惑不已。他决定把头硬挤进乘客座椅和座椅头枕之间的缝隙。缝隙太紧了，以至于拉扯着他的后牙龈，露出了脏兮兮的黄牙。口水开始从他张开的嘴巴里滴出来，慢慢顺着座椅前面流下去，看起来很有可能会积成一摊并渗进坐垫里。我一边开车，一边试图把他的头从缝隙中推回去，但发现我的手已经沾满了温热的口水黏液。我把手在裤腿上擦了两下，却弄得大部分黏液堆积在了左手指缝之间。我把手伸到面前，慢慢分开手指。随着手指的张开，产生了一种蹼状的效果。

"嘎嘎。"我对拉苏说。

他伸出舌头，又有一团黏液掉到了座椅上。我决定把车停在路边，先解救被卡在头枕缝隙里的拉苏。当我下车打开后座车门时，拉苏已经自己挣脱出来，绕过我直接跑进了圣吉尔斯教堂的庭院。

教堂庭院正对着主干道，只有一道低矮的燧石墙将其隔开。院子大部分是草坪，零星种植着几棵果树。这里是当地无家可归者的聚集地，流离失所的人们正围坐在一起喝酒聊天。拉苏蹲在草坪上试图排便，但没能成功。我大声喊着他的名字，其中一个流浪汉模仿起我的叫声。拉苏跑向那个男人，他开始对拉苏表现得十分热情，然后拉着牵引绳把他带到我面前。

"谢谢。"我说，"他趁我开车门的时候从车里跑了出来。"

"那你他妈的应该更小心点儿，是吧？"他回答。

"是的，你说得对。无论如何，再次感谢。"我伸出手，仿佛是在请求转交狗的所有权。

"不行，我想我要留下他。"那人说。

我试图快速评估眼前的人。他的身高和我差不多，也许高一些，但比我瘦不少，双手和前臂上有监狱风格的文身，左侧脸颊有一道大疤。我觉得其中一处文身是一架直升机降落在香蕉上的图案。他戴着一顶浅棕色的绒球帽，穿着一件红黑相间的条纹毛衣。他骨瘦如柴，嘴里有很多弯曲和尖锐的牙齿。我怀疑他可能很会咬人，或者至少是个擅长啃啮的人，他显然是为这些战术做好了准备。和他打架不是个明智的选择。

拉苏看着我，好像在说："该你了，老兄。"

"听着，其实这不是我的狗。"我开口说道。

"哦，那样的话就没问题了，对吧？"

"我是在替一位独居的女士照看这只狗。他是她唯一的朋友和伴侣。"

"那就让她下来他妈的把狗带走。我整天都待在这里。"

"拜托，老兄，这不是你的狗。你不能就这样偷走。"

"你打算阻止我吗？"他露出夸张的笑容，充分展示出嘴里那一套令人恐惧的武器。

"如果我付你钱怎么样——因为你抓住他并照看了他？这样可以吗？"

"嗯，我为了这只狗他妈的费了不少劲，所以可不便宜。"

"是的，这很公平，我在想也许十镑够了？"一说出这话，我就意识到自己麻烦大了。他知道我害怕，并且能嗅到我心中的恐慌。

"没门儿。五十镑，算你捡便宜了。"

"我身上没有五十镑。"我说着掏出了口袋里的东西，总共有大约十七镑。"我只有这些。"

"好吧，那就当作定金，你可以去给我拿剩下的。就像我说的，我整天都待在这里。"

"要不我打电话给警察，看看他们怎么说？"

"我不信他们会管。如果他们真愿意来的话，我会在他们到之前让狗消失。听着，老兄，要么给我五十镑，要么就别回来了。"说完，他转身走向他的同伙。

突然，我听到有人从矮墙后面呼唤拉苏的名字。拉苏立刻从绑匪那里挣脱开来，冲向墙边。我转过身，看到格蕾丝站在那里，亲吻着拉苏。我赶紧走到她身边，然后用最快的速度把她带到车里。当我们开车驶离教堂时，我看到那个狗绑匪挑衅地站在草坪中央。他把裤子脱到脚踝处，正唱着现状乐团的歌曲《金牌天兵》。

格蕾丝对自己被突然带离现场感到十分困惑。

"怎么了，加里？我有麻烦了吗？"她问。

"没有,格蕾丝,但是拉苏差点儿有麻烦。有人想要绑架他。"我回答。

"什么,是那个在教堂庭院里的人吗?"她问。

"是的,那个瘦瘦的,带着牙齿武器装备的人。"我答道。

"那你为什么不给他一巴掌?"

"因为我不想被他和他的同伙揍个半死。"

"天哪,加里,你真是个胆小鬼。"

"你说得太对了。还有,你怎么能把拉苏单独留在公寓里?你从来不会这样。"

"我有紧急情况。"

"好吧,现在你有另一个紧急情况了,因为我去你公寓找拉苏时,发现好像有人进去过,偷了你的笔记本电脑,还弄乱了抽屉和书架。"

"其实是我自己弄的。我刚才说了,我有点儿紧急情况。"

我们回到她的公寓后,她坚持要我在整理之前先坐下来听她说。她看起来很不安,略显紧张。她越过桌子拉过我的手,紧紧握住。

"加里,我做了一件可怕的事,我很抱歉。"她看着我,眼神像一只做错事的小狗。

"我相信没那么糟。来吧,说出来。"

"我把那个玉米棒U盘弄丢了。"她放开我的手,低下了头,"我到处都找过了,但就是找不到。"

我感觉她快要哭了,于是从座位上站起来,拥抱了她。

"别难过,格蕾丝。真的没关系。布兰登没问题的。我会告诉他我把U盘弄丢了,如果他想要的话可以再拷贝个副本。别难过。"

"我气得把手机砸向了笔记本电脑屏幕，把它弄坏了。今天早上我拿到修理店，他们说可能修不好了（吸鼻子）。我买不起新的，而且我觉得我可能把手机也弄坏了（吸鼻子）。我不知道我当时在想什么。没有了笔记本电脑，我真的无所适从。你整天在外工作无所谓，但我只有一个人待在这里（长时间的吸鼻子，伴随着擦鼻子的动作）。"

这是我第一次听到她承认自己很孤独。这是一个我从未提起过的话题，听到她说出来让我感到恐慌。这不是我想面对的东西，可能是因为我也很孤独。我略过了这个瞬间，开始安慰她："嘿，没事，你有我，有拉苏，我隔壁还有块巴滕堡蛋糕。我们先把这里收拾干净，然后一起吃蛋糕。"

格蕾丝依然坐在那里，而我开始收拾残局。几分钟后她站起身来。

"我要睡觉了。"她的语气中满是沮丧。

我尽我所能地把房间收拾整洁，然后打电话告诉警察我已经找到了格蕾丝。离开前，我看了她一眼。她已经睡着了，拉苏的下巴靠在她的肩膀上。他看着我，好像在说："看看你干的好事，你这个浑蛋。"

17

那天下午,我家响起了敲门声。我打开门,看到贝利警探和一位穿制服的警察站在门口。

"你好,加里。又见面了,我是来自佩卡姆刑事调查部的贝利警探,这位是达万警员。我们可以进去吗?"

"当然,请进。"我回答道。

由于贝利是负责韦恩案件的警官,我下意识地以为他是为了那个案子而来的。

"抱歉打扰你在家休息的时间,我打电话到你工作的地方,他们说你今天没去上班。"

"是有什么紧急的事吧?"我回应道。

"嗯,可以这么说。其实我们过来是为了布兰登·琼斯的事。你还记得在警局你跟我说过有两个警察通知你布兰登被谋杀了吗?我想请你再详细讲一遍那个故事。"

我们几个坐了下来,我把威尔莫特和考利的事又重复了一遍,还补充了我与约翰·麦考伊的对话以及我去布兰登家的细节。我脑海中的某种东西让我没有提及那个丢失的 U 盘。贝利专注地听着,然后给我扔出一枚重磅炸弹:

"事情是这样的,有一个重大进展。布兰登今天早上在佩卡姆的一个仓库后面被发现身亡。看起来他是在上周的某个时间被刺死的。你可能是他生前最后见到的人。这也让我想到，要么是你或者这个威尔莫特和考利预见了这件事的发生，要么是你们都以某种方式牵涉其中。你怎么看？"

我不停地冒汗，开始在大腿上搓手。达万警员注意到了这一点，一脸轻蔑地看着我。我低头看了看大腿，发现之前蹭在那里的拉苏的口水黏液已经干涸了，留下了一块不明污渍。"这只是狗的唾液。"我说，然后立刻后悔了，因为她的表情变成了厌恶。

"我当然没有参与。你们应该和约翰·麦考伊谈谈，他是布兰登在城畔调查公司的老板。他认为考利和威尔莫特是两个与布兰登有过节的人，可能是因为债务或者工作上出了问题。"

"我们今天早上尝试过和他交谈，但他并不配合，说这对他的生意不利。听着，我会把这个信息转达给处理这个案子的警探，相信他们会和你联系。此外，如果考利或威尔莫特联系你，请立即通知我。我们真的需要和他俩谈谈。"

贝利递给我他的名片。

"别担心，加里，只要你配合，我相信这一切都会过去的。"他说完就离开了。他似乎站在我这边。达万警员最后看了一眼我的裤子，难以置信地摇了摇头。

我又回到了一周前的状态，因布兰登的离世而心怀悲伤，也为自己被牵连而心生焦虑。我说服自己，我最后一次见到布兰登那晚的不在场证明可能仍然很重要，于是给艾米丽打去电话。电话直接转到了语音信箱，我给她留了条信息，让她有空时尽快给我回电。

大约一个小时后，我的电话响了，是艾米丽的号码。当我接起电话时,门口响起了敲门声。"嗨,艾米丽,谢谢你回电话。"我边说边走向前门。

"你好,加里。"电话里传来声音,"我是约翰·麦考伊。我们能聊聊吗?"

我打开门,他就站在那儿,手里拿着艾米丽的手机。

他和那个闻起来像加工肉的光头男在一起,他们把我推到一边,闯进了公寓。麦考伊坐到沙发上,另一个男人则迅速检查了公寓的每个房间。

"坐下,加里,答应我一件事:不要跟我玩花招。"

"当然,我为什么要这么做呢?"

"首先,艾米丽在哪里?"他问这话的同时,加工肉先生摇了摇头,向麦考伊表示她不在我的公寓里。

"我不知道。"

"是这样的,加里,我的同事汤米是她事实上的丈夫,他非常想念她。她已经两天没回家了,我们想知道她在哪里。"

所以,光头男之前就是艾米丽的男朋友。我想也许我一直都对这点心存疑虑。我立刻意识到这次到访的目的是警告我远离艾米丽,可能还要给汤米一个揍我一顿的契机。给她打电话让我惹上了大麻烦。

"老实说,麦考伊先生,我真的不知道。"我说话的语气像一个演技拙劣的《哈利·波特》演员。

"你为什么给她打电话?你想约炮吗?"汤米咆哮起来。

"不,不,不……警察早些时候来过这里,告诉我布兰登被发现身亡。因为那两个假警察,他们认为我可能知道一些事。我之前告诉过你的。我想让艾米丽向警察确认布兰登比我早几个小时离开了酒吧。就是这样。我只是有点儿惊慌。"我脱口而出,听起来像是一个顽皮的孩子在试图掩盖自己的行踪。

"哦,所以你俩在酒吧里坐在一起,是吗?听起来很像私通。"汤米歪嘴一笑。

"好了,汤米,冷静点儿。"麦考伊插话道,"我来处理。那么,你最后一次见到她是什么时候?"

"我想是两天前。我去她的公寓找她,还给她一本她那个星期五晚上落在酒吧的书。"

"她来过你家吗?"汤米脸上的表情让他看起来既愤怒又若有所思。

"没有,绝对没有。"我回答。我似乎真的能听到汗水从毛孔里冒出来的声音。

汤米朝我走近几步。

"所以你知道她住在哪里,对吧?很好,但告诉我:为什么你不把书寄给她?为什么非得跑到我家附近四处打听?"

我想不出合适的回答,但麦考伊救了我。

"算了,汤米,我相信他不会再见她了,我也相信如果她真的来了这里,加里会立即通知我。对吧,加里?"

"是的,当然。"我说,同时心里想,怎么可能。

"布兰登的死讯很可怕,不是吗?"我试图转移话题,"我跟警察说了我们的谈话——关于他可能欠钱或者……"

"能打住吗,加里?为了你自己,也为了其他人,包括艾米丽,别再跟警察说话了。你在律师事务所工作,应该知道这一点。来吧,像点儿样子。"

"嗯,说得对——我赞同。我不会再多说一个字了。"我说,急切地希望他们赶紧离开,这样我就可以打电话给警察了。

"还有一件事。"麦考伊说,"玉米棒 U 盘在哪儿?"

"我不知道你在说什么，麦考伊先生。"

"哦，是吗？也许应该你来问问他，汤米。"汤米走到我面前，将手掌放在我的头顶上，开始用手指轻轻揉捏我的头皮。

"放松点儿，小浑蛋，让自己充分地融入此时此刻。我们知道那个 U 盘在你手里，交出来，这件事就过去了。"

我知道如果不说实话，可能会遭到一顿痛打。我感到恐惧像饵箱里的蛆虫一样在我体内四处游窜，我下巴上的胡楂似乎都开始缩回原处。我的嘴巴又干又黏，但我还是勉强说道："我确实知道 U 盘的事，但它现在不在我这儿。如果你能停止搓我的头，我可以解释。"

"那是不可能的。这是为了帮助你放松。"汤米说，"等你说出真相，我就会停手。"

于是我和盘托出。

我告诉他们我是如何发现的那个 U 盘，以及由于密码保护我无法读取其中的内容。我找了以前在电脑公司工作的邻居帮忙破解，但没有成功。后来她把 U 盘弄丢了，对此她非常沮丧。

"你最后一次见到它是在哪里？"麦考伊问。

"就在这个房间。在那边的桌子上，我的邻居把它带回了她的公寓。她找不到了，我发誓她已经把她的公寓彻底翻了一遍，从上到下，从里到外，灰飞烟灭——"

"别他妈的不着调，你这个废物。"汤米咆哮道。

"我猜是你们翻得还不够彻底，加里。跟我出去，让汤米先在你的公寓做个示范。"

汤米点燃了一支烟，叼在嘴里，然后开始搜查我身上的衣服。我觉得他故意让烟雾熏到我的眼睛，并乐在其中地把烟头危险地靠近我的额头。然后他让我和麦考伊一起站在走廊上，留下他一个人可以随心所欲地搜查我的地方。几乎同时，格蕾丝从她的公寓里走了出来。

"嗨，格蕾丝，感觉好些了吗？"我问。

"不太好。我还是找不到那个东西，而且电脑店打电话来说换新屏幕要两百英镑。"

麦考伊插嘴道："你好呀，格蕾丝。我叫布兰登。我就是那个把U盘交给加里保管的人。他刚刚告诉我你把它弄丢了。"

"哦，是的，我确实弄丢了，布兰登，真的很抱歉。我把我的住处都翻遍了，但就是找不到。它昨天还在。老实说，我最近越来越没用了。你急需它吗？我还在找。你可以帮我吗？你的眼神可能比我好……"

"好呀，这是个好主意，加里也可以帮忙。听着，格蕾丝，别担心——又不是世界末日。"

在格蕾丝的监督下，我和麦考伊仔细搜寻了她的公寓。最终，他似乎满意地确信U盘找不到了。在离开之前，他让她再次确认自己没能打开U盘里的文件，然后从口袋里掏出一沓钞票，给了格蕾丝两百英镑"作为补偿"。她一开始推辞了一番，但比我预想的更快就妥协接受了。

我们回到了我的公寓，汤米确认U盘也不在这里。麦考伊让汤米先回车上，然后用坚定的眼神看着我。

"听着，加里，那个U盘对我来说非常重要，因此，理所应当，对你也非常重要。如果你找到了，立刻交给我。如果你把这件事告诉警方，我会知道的，到时候可没有后悔药。我们都不想格蕾丝或小艾米丽受苦，对吧？"

"当然不想。"

"保重，顺便劝一句，你能把裤子前面的脏东西清理一下吗？真恶心。"

他一离开，我就感到一阵恶心。我刚刚面对的可能是一个潜在的杀人犯，这个念头真的让我不安。我感到害怕，恐惧感在全身蔓延。实话实说，那一刻我只想得到妈妈的拥抱。

我坐到桌前，试图厘清目前的事态。看起来大致脉络是这样的：

1. 布兰登死了。
2. 别慌……又不是你杀的。
3. 艾米丽失踪了。
4. U盘对于麦考伊非常重要。也许里面有对他不利的证据或者他想要的财务资料。
5. 真正的警察会找我问讯。
6. 如果警察发现了U盘，麦考伊会伤害我、格蕾丝或者艾米丽。这应该不是口头威胁。很可能布兰登就是被麦考伊或汤米杀害的。
7. 艾米丽失踪时没有带手机。
8. 别慌：你没有做错任何事。
9. 最好的选择是把这一切告诉警察。
10. 也许不是。

我去隔壁找格蕾丝。她还在她的公寓里翻找。我让她坐下，告诉了她布兰登已经去世的消息。

"但我刚刚还在和他说话。"她坚持说。

"不，格蕾丝，那是有人冒充布兰登，为了跟你确认U盘真的丢了。"我回答。

"好吧,你为什么让他那样欺骗我?"她用失望的声音问道。

"因为他是个可怕的人,我不想我们两个惹上麻烦。"

"天哪,加里,你真是个胆小鬼。你说布兰登死了是什么意思?你之前还说他活蹦乱跳的。"

"他今天早上在佩卡姆某处被发现身亡。别的我就不知道了。"

"这真是太疯狂了。几天前你被告知他死了,结果并没有。现在却又证实他真的死了。你有麻烦了吗?"

"我觉得没有。调查他死亡的警探会找我问话,但我是清白的。听着,如果你找到那个U盘,马上告诉我。"

"那么,那个家伙是谁?"

"是布兰登的老板——对不起,是他的前老板。我认为U盘里一定有对他不利或者价值不菲的东西,因为他非常想要。"

"如果我找到了,你会交给他吗?"

"不会。我想我会交给警察。"

"好孩子。"

我走过去,给了她一个家人般的大大的拥抱。她第一次回应了我。我能感觉到一丝小小的担忧和恐惧离开了我的身体。虽然不是妈妈的拥抱,但也差不多了。

"够了,你要把我的骨头弄碎了。"她放开我,"我可以用他给我的钱吗?"她羞怯地问。

"嗯,我想可以。"

格蕾丝立刻兴奋起来,精神焕发地递给我一张二十英镑的钞票。"去买几个大派,再带些葡萄酒和啤酒。我需要振作一下。带上拉苏,他需要呼吸新鲜空气。还有,带上粪便袋。今天早上我带他下去的时候他没有排便。"

我离开住宅区时，看到制服男还在雪铁龙车的引擎盖下工作。我刚经过游乐区，他就抬起头望向我，朝我喊道："嘿，荨麻的那个方法真管用。我应该雇你做我的私人医生。干得好！"

他向我竖起了大拇指，然后继续工作了。我明显有些扬扬得意。

拉苏像往常一样，照例跑到游乐区跷跷板的遗址。在那里解决完生理问题后，他开始在对面公寓楼的墙边周围嗅来嗅去。就在这时，我的松鼠朋友从树干上冲下来，给了我一个白眼。

"哦，你现在麻烦大了，是吧？"我代表他问道。

"也许是，也许不是。"我自言自语地回答。

"所以，约翰·麦考伊——我们都知道他是个危险的浑蛋——对你发出了威胁，并且警告你不要报警。"

"是的，但我还是打算告诉警察。"

"我建议你还是再深思熟虑一些。艾米丽和格蕾丝怎么办？你不觉得她们应该对这个行动方案有发言权吗？"

"奇怪的是，艾米丽似乎已经从她家消失了——至少麦考伊是这么说的。"

"抱歉地说一句，你需要想想麦考伊告诉你的是否就是真相。你得好好想一想。"

松鼠突然跑开了，我接着走过去处理拉苏的便便。当我抓起那团粪便时，我感觉到有个坚硬的东西卡在了我的指缝间。我松开手，便便掉在草地上。就在那里，玉米棒 U 盘出现了。

18

我放弃了回家取酒和派的想法,直接带着U盘去了格蕾丝的公寓。她把U盘清理干净,又用吹风机彻底吹干,她那台二十世纪七十年代的吹风机,声音听起来像是被摩托车引擎驱动的似的。

"给你,跟新的一样。准备交给警察吧。"她宣布。

"你觉得警察能破解密码吗?"我问。

"也许吧。要看布兰登设置密码时有多聪明。"

"好吧,至少这不再是我的问题了。"

格蕾丝凝视窗外片刻,然后以非常慎重的语气对我说:"我一直觉得奇怪,如果布兰登想把这个U盘给你,他为什么不把密码告诉你。我的意思是,他倒不如把它藏起来或放进银行保险箱之类的地方。"

"我明白你的意思,但那天晚上他只给了我U盘和一张纸条,上面潦草地写着他'仅限朋友'的电话号码。"

格蕾丝猛地把头转向我,眼睛睁得大大的,满是焦急:

"那张纸条现在在哪儿?"

"我扔了,在坎伯韦尔的格罗夫酒馆我就扔了。早没了。"

"你确定那是个电话号码?"

"是的,确定。其实我还拨打了那个号码,结果接通的是一家卖趣味袜子的商店。这只是布兰登的一个小玩笑。"

"那么,你手机里应该还有拨打过的号码吧?"

"我猜应该有。等等,你是觉得那个店铺的电话可能是密码?"

"值得一试。"

我跑到隔壁拿起手机,翻看最近的通话记录。果然,找到了布兰登给我的那个号码。格蕾丝和拉苏跟着我进了公寓。我从厨房壁橱的顶部拿下我的旧笔记本电脑并打开。电脑需要充电,于是我们坐在那里,盯着屏幕,等它开机。电脑启动后,屏幕上出现了熟悉的对话框:输入密码。我已经几个月甚至几年没用过这台笔记本了,完全不记得密码是什么。

"试试你工作中用的密码。"格蕾丝建议道。

于是我输入了:

PASSWORD1

没有成功,于是我又试了一些以前用过的密码:

PassWord

LetMeIn

SOILSCIENCE

68TallAnts

ChinDoctor

都不对。格蕾丝从我手中抢过笔记本电脑,放在她面前的桌子上。我注意到在电脑背面有一张贴纸,上面画着一串香蕉,两边各有一把刀和叉。在标签的角落里我还写了串字符:Fruit999。我拿回电脑,输入了这个密码。屏幕立刻亮了起来,接着我把 U 盘插入 USB 插槽。设备的名字出现在屏幕上,我点击它的图标,弹出了"受密码保护"的对话框。我把袜子商店的电话号码输入进去,然后把笔记本电脑递给格蕾丝,让她点击"确认"。她点击后,一个文档开始加载。格蕾丝从座位上跳起来庆祝。

"我们成功了!我们真的成功了!"她大喊。随即,她绕过桌子,在我的头顶亲了一大口。"我就知道,我们能做到。我们太厉害了,加里。你明白吗?真是太牛了。"

"嗯,我们确实厉害。"

"听着,我去拿点儿派和酒过来。等我回来的时候,你再告诉我那份文档里有什么内容。我们是谁,加里?"

"牛人,格蕾丝。"

格蕾丝离开了公寓,拉苏留下来陪着我。我把注意力转向文档内容:

> 布兰登·琼斯关于伦敦东南区重案组内部腐败的声明,其中特别提到城畔调查公司的有关活动。

刹那间,我希望自己从未打开过这个文档,但又实在无法抗拒继续阅读下去的冲动。文档一开始列出了警察和城畔调查公司员工的名字。接下来详细描述了至少二十起案件,布兰登指出警察通过城畔调查公司非法获取信息,并利用这些信息干扰司法公正,包括伪造证据、销毁证据、做虚假陈述、恐吓证人、收取贿赂保护毒贩等。案件接连不断出现,而且由于布兰登本人也参与了相当大比例的案件,内容更加引人入胜。文档中还附带了多个音频和视频文件。如果内容属实,那将是非常严重的犯罪。

我瞬间产生了一个念头：销毁这个文档，然后离开这个国家，去纽芬兰当个造船工人，重新开始生活。我迫切希望这个玉米棒U盘能从我的生活中消失。我想我应该立即把它交到佩卡姆警察局。我觉得贝利警探可以信任，于是拨打了他的号码，但电话却转到了语音信箱。我没有留言。约翰·麦考伊曾警告我不要向警察提起U盘的事，这让我坐立不安。他甚至威胁我说：我们都不想格蕾丝或小艾米丽受苦，对吧？我确信麦考伊的威胁不是空话。也许我应该把它交给麦考伊？也许我不应该告诉任何人它找到了？我决定采取一个至少能让我撑过今天的方案。我选择逃避现实，一醉方休。

格蕾丝回来时，带了两瓶葡萄酒和一块巨大的家庭装牛排土豆派。她的钱不够买啤酒。我不想让她和布兰登的事再有任何进一步牵连，于是告诉她那份文档只是一堆难以理解的账目。她有些失望，但很快就被派和葡萄酒分散了注意力。这确实是一块非常实在的派：厚厚脆脆的酥皮，里面是非常浓郁的肉汁，格蕾丝形容它有"恰到好处的分量"。拉苏坐在格蕾丝脚边，目不转睛地盯着每一口送进她嘴里的食物。格蕾丝吃完她的那半个派后，宣布自己需要休息一下，然后带着拉苏离开了。当他们走到门外时，拉苏回头看了我一眼，似乎在说："别担心，我会有自己的派的，老兄。"

我重新打开文档，开始再次阅读里面的腐败案件。引起我注意并让我感到震惊的第一个案例是涉及德里克·摩尔先生的。城畔调查公司受一位名叫彼得森的警探指示，将大量可卡因放进摩尔先生的车里，随后他被警察拦下并因持有及意图贩卖毒品而被逮捕——正是布兰登本人放置的毒品。这个摩尔先生肯定是我的客户韦恩的父亲。看起来韦恩说的是真的：他的父亲是警方恐吓的受害者。然而，真正让我内心拉响警报的是彼得森这个名字，因为当我拨打布兰登门口那张便笺上的号码时，接电话的人就是彼得森督察。

彼得森的名字在文档中反复出现，也是文件开头提到的第二个名字。彼得森留在布兰登门口的便笺上写着我们需要谈谈。这个信息可能会带来无数种可能性，但我此刻不愿去思考这些。接着，我点击了一个视频链接。艾米丽的脸突然出现在我面前。她坐在某个酒吧的桌子旁，和一个看起来是上层人士的男人喝酒聊天。这段视频是有人在远处从她后面拍摄的，但毫无疑问，那就是艾米丽。视频链接中包含了斯蒂芬·科尔德贝克的名字。

我在文档主体中搜索这个名字，很快就找到了相关案件的详细信息。斯蒂芬·科尔德贝克是一起涉及毒贩的审判中的关键证人，而这个毒贩的"靠山"正是刘易舍姆重案组。彼得森命令城畔调查公司，确保他要么改证词，要么不现身。他们给他设了一个美人计，用的就是艾米丽。随后他们威胁，如果他不修改即将在法庭上提供的证词，就会把视频曝光给他的妻子。我突然意识到，我和艾米丽相遇的那晚，她可能其实是在为城畔调查公司工作——大概是在监视布兰登。不过，如果是这样，为什么布兰登离开酒吧后她没有走呢？我高度怀疑她被指派的调查对象其实是加里·托恩。我记得那天晚上我们确实建立了联系：或许她只是对工作游刃有余。

这一切超出了我的理解能力，尤其是酒精开始模糊我的思维。我需要更彻底地逃避现实，于是打算小睡一会儿。在昏昏欲睡之前，我决定把U盘从家里拿出去，找个地方藏起来以后再从长计议。同时，处理掉我的旧笔记本电脑也是明智之举，因为它可能已经在硬盘里留下了U盘的一些痕迹。

19

我睡了几个小时,醒来后发现我的信箱里塞进了一张贺卡。贺卡封面画着一只鸭子,旁边写着你在搞什么鬼?卡片里面的留言是:今晚七点半,来点儿巧克力橙子天鹅绒怎么样?

虽然没有署名,但由于提到了天鹅绒和鸭子,我立刻知道这是艾米丽寄来的,而且见面地点是格罗夫酒馆。即将到来的会面让我无比兴奋,于是我决定洗个澡。我一直更喜欢泡澡大过淋浴——觉得更有仪式感和放纵感。每当我倍感压力或满怀期待时,都会被浴缸那种安静的温暖所吸引。鉴于今天发生的事,我想这次泡澡既是为了排解忧虑,也是为了庆祝喜悦。我把它打造成了一场四十分钟的体验:剃须,刮净耳朵和肩膀的毛发,清洁脚趾缝,水温下降加注热水,清理指甲,阅读洗发水和牙膏的成分说明,挤掉鼻子上的黑头,除去浴缸和墙壁之间的密封胶,让沐浴露的盖子浮在水面上然后用嘴巴喷出一股水将其击沉,慢慢躺下让水渐渐填满眼窝,用剃须泡沫擦亮膝盖,用大脚趾蹭亮水龙头,将肥皂抛向空中然后把头浸入水下听它重新落入水中的声音,把胸毛弄成螺旋状,让它看起来像地中海的花园。这是一次愉快的泡澡,给我带来了一个心之所向的放松时刻。

我突然想到，艾米丽只见过我穿那套糟糕的工作西装的样子。我常备的时尚行头是一件蓝色衬衫、棕褐色灯芯绒夹克和一条来自 Tesco 的修身蓝色牛仔裤。问题是那条牛仔裤上有拉苏流口水时留下的干涸唾液污渍。我在浴室的水槽里用水和肥皂清洗了弄脏的地方，清洗后裤子比我预想的还要湿，于是我调高了卧室的暖气温度，把牛仔裤放在上面晾干。出门去酒吧前，我在脖子和夹克前襟喷了一些古龙水。这是格蕾丝送我的圣诞礼物，我一直没有机会用。这款香水叫作"电力"，由塞巴斯蒂安·隆科克出品。我怀疑她是在附近的便利店买的。它的香味让我联想到熟香蕉和热混凝土的气味。我应该喷上身之前先在袜子上试用一下的，但没关系，估计这种便宜香水的味道很快就会消散。牛仔裤还没完全干，但等我到达酒吧时应该就好了。

晚上七点，我迈着轻快的步子离开了公寓，想到即将看见艾米丽，心中充满愉悦的期待。我走到游乐区，把玉米棒 U 盘埋在曾经支撑跷跷板的基座底部的泥缝里。当我站在那里评估效果时，我的松鼠朋友跳上了基座，仔细打量了我一番。

"等一下，老兄，你怎么打扮得这么花哨？"我代表他问道。

"只是去酒吧而已。关你什么事？"我回答。

"这是什么态度？你为什么要藏东西？你在搞什么阴谋？"

"我要去见艾米丽。你知道的，就是酒吧里的那个女孩。"

"哇，你最好还是好好想想。你刚发现她和那个汤米住在一起，你还打算见她？"

"嗯，是啊，我的意思是，他又不会在那里，对吧？"

"他不会吗？也许她只是把你引出来，让他对付你。像那样的家伙不会善罢甘休的，除非好好教训你一顿。你想过这个吗？"

"我觉得她可能已经和他分手了,所以值得一试。如果他真的在那儿揍了我,至少事情就结束了。"

"不会的,如果你抢了他的女人,他会让你的生活变得一团糟。这不值得。抱歉这样说,但事实就是如此。"

"好吧,我会在吧台坐一会儿,确保她是一个人。"

"当然。你有没有想过她只是被约翰·麦考伊派来讨好你并监视你的?"

"嗯,我想过,我觉得我能很快弄清楚。"

"你打算告诉她你刚刚藏起来的那个 U 盘吗?我敢打赌你考虑过这样做,而且觉得这么做可能有些冒险。"

"当然了,我不打算提。我只是想见见她,了解下她和汤米的情况,听听她对麦考伊的看法。如果感觉不对劲,我会立刻逃跑,我保证。"

"希望你没有对自己许下无法兑现的承诺。我曾经对自己承诺不再打扰那只长睫毛的松鼠小姐,但我还是总把坚果送给她,你可能看出来我已经瘦得脱相了。我不希望看到你也这样消耗自己。"

"无论结果如何,老兄,我还是有派吃的,不用担心。"

"你衣服上是什么味道?你是不是在香蕉工厂待过?"

"这是香水——塞巴斯蒂安·隆科克的'电力'。格蕾丝在小店给我买的。味道有点重,是吧?不过我觉得会慢慢消散的。"

"也可能会味道更重而且一直不散,你想过吗?"

"是的,可惜现在我也束手无策。你要把那颗坚果带到哪儿去?"

"不关你的事。祝你晚上愉快,如果再也见不到你了,认识你还是很高兴的。"

说完，他匆匆跑开，消失在一棵大山毛榉树后。当我走上马路时，他又出现在游乐区的围墙上。

"最后一件事。"我替他问道，"麦考伊是怎么知道那个U盘的？"

"说实话，我不知道。也许是他在警察局的朋友告诉他的？"

"但你没有告诉警察局的任何人，不是吗？"

"没，你说得对，我没有。唯一知道这件事的只有我和格蕾丝，我想我在电话里随口跟艾米丽提过。"

"你可能需要三思而行，老兄。改天见。"

然后他就消失了。他提了个好问题：很有可能就是艾米丽告诉了麦考伊U盘的事。今晚得格外小心。

到达格罗夫酒馆后，我从侧门进去，坐到平时看足球比赛的吧台前。稍后会有一场比赛，如果艾米丽不来，我还可以跟安迪和尼克喝几杯。从我的座位勉强能看到吧台另一边的包厢入口。半小时过去了，艾米丽（或汤米）还没有出现的迹象，于是我去厕所试图用干手机吹干裤子上残留的湿气。进展不明显，到最后整个房间都弥漫着温热的香蕉味和更浓烈的混凝土味。我回到吧台处，正好看到艾米丽走进酒吧，谢天谢地，她是一个人。她穿着一件浅绿色的拉链运动衫和宽松的黑色裤子，棕色的斜挎包倚在胯上，背上还有一个大背包，背包上带有一些苏格兰格子，但并不过于苏格兰风。

我又点了一杯啤酒，等了十五分钟，然后走进了包厢。她给了我一个灿烂的微笑，像孩子般朝我挥挥手。我对她有强烈的好感，以至于我怀疑自己脸都红了。当我走近时，她把手指放在嘴边示意我别出声，并做了个使用手机的动作。我猜测她是要我关掉手机，于是我照做了。

"不好意思。"她说，"你永远不知道谁可能在偷听。你好吗？很高兴见到你。"

我把她提到有人偷听这句话理解为她在暗示我们生活中正在发生一些不寻常的事情。我领会到了这层意思，但没有给出回应。她从座位上站起来，给了我一个感觉非常真诚的拥抱。我认为这是她想让我知道她"站在我这边"的表示。"我也一样。"我回答道，然后坐到她身旁。

"你是没来得及上厕所吗？"她指着我的裤裆问。

"不是，完全不是。我出来之前洗了下，但还没干。"

"只洗了裆部吗？"

"是的。那里有很多狗的唾液。"

"我不问了。"

"谢谢。"

对话中出现了一个小的空当。实际上，我完全不知道发生了什么，也不知道自己想要达到什么目的。我想可能她也有同感，我们彼此在互相试探，试图寻找能够构成关联的话题。

"你闻起来很香。"她说，"你用的什么香水？"

"塞巴斯蒂安·隆科克的'电力'。有点像道路施工设施的那股香蕉味，是吧？"

"对，香调里还有点湿毛线帽的味道。你穿休闲装看起来不一样了——少了一些地毯推销员的感觉，更像个建筑师或大学讲师。"

"都靠那件棕色灯芯绒外套。它给了我一种沉稳感，就像开着一辆沃尔沃或拎着一个复古公文包一样。"

"我爸爸开沃尔沃，他是个非常严肃的人，不过是那种让人厌恶的类型。"

"你还能见到你爸爸吗？比如打个招呼，聊聊他最近的烦心事？"

"没有，自从我十八岁离家后就没见过他。我们之间一直没有太多交流。"

"我爸爸在我很小时就去世了——在我七八岁的时候。有一天他喝了太多盐，陷入昏迷，再也没醒过来。"

"你在开玩笑吧？"

"不，真的。他在科茨沃尔德徒步后喝了一整瓶酱油。"

"真的吗？"

"没有，我只是开玩笑。其实是在湖区。"

她笑了，我注意到她没有化妆。素颜非常适合她。她的皮肤本身就足够光彩照人，不需要任何修饰。她的刘海儿还是像直尺一样笔直，末端带着切帕基迪克的卷曲在耳边微微翘起。她的眼睛依然友好而温柔，小纽扣鼻子与脸部的其他特征完美契合，以至于我情不自禁地评论道："你的鼻子真好看。你自己也很喜欢吗？"

"别开玩笑了。我讨厌它，它让我看起来像只刺猬。你的鼻子有点大，但很适合你。顺便问一下，你感冒了吗？鼻子红红的。"

"没有，我只是在泡澡时处理了一下黑头，像往常一样太用力了。你想吃点东西吗？我上次在这里吃的牛排和薯条很不错。"

"好啊，那太好了。我快饿死了。唯一的问题是我身上没带够现金。"

"没关系。见到你真是太好了,所以这次我请客。那个,你最近怎么样?"

"老实说,不太好。几天前我离开了男朋友和我的公寓,这段时间很艰难。"

我不确定该不该说我已经知道她离开的消息,也不确定该不该告诉她我曾经怀疑这是否属实。

"哇,这真是个巨大的变动。你一定感到很不安。老实说,我不确定你是不是真的有男朋友。我记得你用的词是'没有正式的'。"

"嗯,现在我是正式单身了,这么多年来还是第一次。我本以为我会感到解脱,但实际上只有难过和糟糕的感觉。"

"我认为这是正常的。只是需要时间和距离,还有大量的酒。"

"经验之谈?你曾经离开过别人吗?"

"没有,都是别人离开我,但我想本质是一样的。你对他还有感觉吗?"

"你知道吗?我希望我没有,我必须说,从我走出门的那一刻起,我只想到了我自己。这是好事,对吧?"

"是的,完全正确。"

我感到一丝愉悦,因为事实上她还想到了别人,而那个人正是我。不过话说回来,如果她还在为麦考伊工作,她当然需要联系我。这就很棘手了。

她继续说:"有一首歌,我爸爸在妈妈惹他不高兴后会放得特别大声,里面歌手反复唱着'有六件事在我心头,而你已忘在脑后'。我一直在脑海中重复这句歌词,试图把它忘掉。我不知道这是否有用,但反正这首歌很好听,所以为什么不呢?"

"那你心头有六件事吗?"

"让我想想。我需要一个住的地方,我需要一份工作,我需要洗个澡,我需要一部新手机。目前就是这些,所以是四件事。"

"你还饿了,所以你需要些吃的——这就是第五件事——你想约我喝一杯,那就把酒加上算作第六件。"

我很高兴再次确认(尽管是间接地)我是她心头的事之一。我在想她是否知道汤米正在积极寻找她。

"你男朋友对此有什么反应?"我问。

"说实话,我不知道。我趁他不在时离开的,只留了一张纸条说我要走了。"

"那他怎么会有你的手机?"我脱口而出,立刻意识到我犯了个大错。我将不得不承认他那天下午来找过我。

"你怎么知道他有我的手机?"她问。

"对不起,我不想让你烦心,你已经有够多的事要烦了。但他今天早些时候来过我家,带着你的手机。从他说的话和做的事来看,我觉得他以为你可能住在我这里。"

"他怎么会这么想?我俩几乎不认识。这太荒谬了。"

"我猜他查了你的通话记录,看到你拨打过我的号码,然后通过他在城畔调查公司的人脉查到号码对应的地址。"

"我离开的那天他把我的手机拿走了。他感到脆弱时经常这么干。他一定是那天早上从我的举止中察觉到了什么,起了疑心。对不起把你牵扯进来。他有没有威胁你或做什么?"

"没有,不算威胁。我只是被迫答应,如果我知道你在哪儿会通知他,但我当然不会这么做。他和他的老板约翰·麦考伊一起来的。你认识约翰·麦考伊吗?"

"我知道你说的是谁——他自以为是个黑帮人物。他和汤米去你那里干什么？"

这是我不打算回答的问题。就我而言，至少在局势发生变化之前，我不会向任何人提起那个 U 盘。

"我觉得他们只是碰巧在一起，可能是去执行任务之类的。没什么大不了的。我得说，我真没想到汤米会是你喜欢的类型。他看起来比你大很多，而且有些——如果你不介意我这么说——有点儿不可预测。我不会把你们两个想象成一对——老实说，任何形式的配对都不会，连乒乓球混双也不会。"

"我明白你的意思，但这么说吧，我们刚认识的时候他和现在完全判若两人。听着，如果你不介意，我不想再讨论他了。"

"好的。那我们聊聊你吧。你的柠檬绿外套——你对它的效果满意吗？"

"是的，非常满意。"

"好的，接下来是你的阔腿裤。你对它的飘逸感满意吗？在大风中可能会相当抓人眼球。"

"我希望它稍微不那么松垮，但我对它给我的自由感很满意，特别是坐下来的时候。"

"对答如流。我知道你对你的马丁靴和发型很满意，所以外表上应该就这些了。"

"我的背包里还有几件衣服。你想看看吗？"

"不用了。我妈妈总是告诉我，绝对不要看女士的包，哪怕她们允许。"

"我喜欢你妈妈。"

"你为什么没化妆？我记得你总是会化一点儿淡妆。"

"其实我不太喜欢。汤米过去总是坚持让我化妆。自从上学以来，我对化妆的态度一直很复杂。"

"你不化妆也很好看。我们点些吃的吧？"

我们都选了牛排和薯条，艾米丽还加了花椰菜奶酪和洋葱圈作为配菜。她解释说她永远不会拒绝洋葱圈，因为在她小时候奶奶常常把意大利面圈当零食给她作为奖励，于是她就爱上了圆形食物。我告诉她我喜欢长条形食物，比如热狗、芦笋和海滨硬糖①。"

"岩石不算食物。"她回应道。

"好吧。"我回答说，"那我就换成另一个热狗，但要更长的。"

吃完饭后，我又买了两杯饮料，当我们坐下来享受时，一切都显得那么迷人而舒适。我越来越放心她已经不为麦考伊工作了，而且我内心的一部分也不在乎。她告诉我她是如何认识的汤米，以及他们是如何来到了伦敦。我随意问了她汤米的工作，以及她是否曾参与其中。她耸了耸肩说："偶尔。"我没有感觉到她对我的问题有任何紧张反应。然后我问她现在住在哪里。

"过去两晚我住在象堡的一家叫大藏红花的酒店。"

"你今晚还住在那里吗？"我问。

"不，你看，这就是问题所在，加里。我没钱了，我想问问你在我安顿好之前能不能暂时在你家住一段时间。"

我想说"行，你可以住一辈子，房租全免"，但我忍住了。

"你没有家人或朋友可以借宿吗？"我问。

"没有，而且汤米会盯着他们。他已经找到了你，这对你来说

---

①原文为 rock，既有棒棒糖的意思，又有岩石的意思。

不好。也许我应该看看我爸爸能不能让我在布莱顿住一阵子。"

"我以为你们闹得很僵。"

"是,但我觉得他不会把我拒之门外。"

她选择其他选项而不在我这儿留宿的可能性让我阵脚大乱。

"听着,我很希望你能来我家住。我门上有三把锁——没错,是三把——而且我隔壁的邻居有只凶猛的狗,我相信她会愿意把狗借给我们几天。说真的,我非常乐意帮忙。"

艾米丽开始眼泛泪花。我没意识到她实际上是多么疲惫和绝望。

"你愿意吗?"我问道。

她点了点头,把手放在我的小臂上。

"谢谢。"她一边抽噎一边微笑地低声说道。

"我能把我的啤酒喝完吗?"我问,"很爽口。"

"你想喝多少都可以。我喜欢这里。"她回答说,并露出一个我见过的最迷人的微笑。

我们又待了几个小时,她一次也没有提起布兰登、U盘或任何与"那个案子"有关的话题。

我们到了我所住的街区后,从佩卡姆主街的入口进入,这样就可以从西端出来,避开了停车场和楼梯间。我让艾米丽等一下,随后我上楼查看是否安全。确认没有问题后,我在楼梯间底部招手让她过来。

一进屋,艾米丽就对我那破旧的公寓赞不绝口,这很有她的特色。大多数访客都乐于告诉我这是个垃圾场。我大费周章地找出我的睡袋,用它换下床上的被子。

"你睡床上。我最好用被子——可能会有点儿闷。"

她带着歉意打了个哈欠,然后给了我一个真诚的拥抱。她的头发闻起来有杏仁糖和新翻泥土的味道,虽然令人心旷神怡,但显然需要洗了。

"我可以直接上床睡觉吗?"她问,"我觉得这有可能是三天来我第一次好好睡一觉。"

"请自便。"我回答。她慢慢打着哈欠走进卧室。

那晚我没有睡好,一直在想汤米可能随时会出现在门口。而且,梦中情人在同一个屋檐下却触不可及,也很让人分心。窗外的声音和公寓后面的截然不同:更多的交通噪声,更多的人类活动,偶尔还有远处传来的猫头鹰叫声。最糟糕的是,艾米丽把浴室的灯开着,这意味着电动排气扇像一台故障的割草机一样嗡嗡作响。我没有勇气去敲她的门。

大约凌晨两点,我给自己泡了一杯热的肉汁,既可以避免咖啡因,又可以获得肉味的冲击。啜饮时,我突然想到我应该删除 U 盘中关于艾米丽的所有信息。只有布兰登知道文件里有什么,而他已经死了。我认为艾米丽一定是这场闹剧中无辜的牵连者,她完全不知道背后更大的阴谋。

我披着睡袍悄悄走出门,打算取出埋在泥土里的那个 U 盘。当我从楼梯间出来,踏上人行道时,我看到一个孤独的身影靠在低栅栏旁的一棵树上,正专注地盯着游乐区。他／她一只手握着一支点燃的蜡烛,另一只手用来遮挡火焰。那里并没有特别黑——街灯和住宅区的灯光使整个区域笼罩在昏暗的光线中——但由于树的阴影,很难看清这个夜行者的轮廓和身份。

我蹑手蹑脚绕过几辆白色货车以便更好地观察,结果不小心踢到了一个丢弃的啤酒罐,啤酒罐滚到一辆面包车底下时发出了"咔嗒"声。我转过目光看向那个夜行者,看到他／她用一口急促的气息吹灭了蜡烛。我一动不动地站着,除了头部以外,身体都被货车挡住了。我能感觉到那个夜行者的目光落在我身上,我心里犹豫着是否应该立刻冲回楼上我的公寓以避险。

过了一分钟左右,我看到那个身影再次点燃蜡烛,从树后挪了出来,走向空地。我趁机完全藏匿在货车后蹲下身子,沿着停放的一排车辆往前走,最终在便道上进一步前行大约十五米。那个夜行者此刻弯腰靠在曾经支撑跷跷板的底座旁,我已经足够近了,可以听到他／她的声音几乎在低吟:"对不起,对不起,请原谅我。"

是格蕾丝,从她的声音中我可以听出她在抽泣。

我一直躲着,直到看见她走回楼梯间,消失在楼道里。这看起来像是一个我无权打扰的私人时刻。我取出U盘,回到公寓。最终,我沉沉入睡。在梦里,汤米用一个大西瓜把我打得半死,而艾米丽和拉苏则在旁边静静看着。

20

一觉醒来,是个阳光明媚的周六早晨,我决定走到研磨者咖啡店为艾米丽买些咖啡和早餐。我把 U 盘重新放回它的藏身之处,然后找到了车库后面一个隐蔽的地方,准备悄悄毁掉那台笔记本电脑。我像掷飞盘一样把它用力地砸向砖墙,几次下来电脑很快就散架了。我把碎片残骸扔进附近的垃圾桶,除了那块我猜是硬盘的东西——我把它丢进了路边排水沟的栅栏里。

我到达咖啡店时还很早,韦恩还没有顾客。他穿着一件紧身黄色 T 恤,上面印着别问的图样。

"嗨,韦恩,你最近怎么样?或者我是不是不能问?"

"你可以问,我很好,谢谢。你怎么这么得意?"

"你还记得我跟你说过的那个在酒吧里遇到的女孩吗?"我回答。

"有点印象。"

"她昨晚在我家过夜了。你能相信吗?"

"说实话,不太能,加里。除非她是被迫的或者嗑药了。"

"是真的,千真万确,希望我能和她一起度过今天剩下的时间。"

"谁知道等你回去的时候她还在不在?她可能已经清醒过

来，溜走了。"

"不，我觉得她可能会爱上我，就像你一样，韦恩。你要是早点儿对我下手就好了；我现在马上要名花有主了。顺便问一下，你爸爸那边有从警察那儿听到什么消息吗？"

"没有，但迟早会有的，别担心。"

"你知道吗，我开始相信你了。"

我没有告诉韦恩 U 盘的事。感觉现在还不是时候。我不想在事情还悬而未决的情况下给他希望。我点了两杯咖啡，两块杏仁可颂和几块瘦身蓝莓松饼。当韦恩准备我的订单时，令我惊讶的是，小丑鞋先生也来到了柜台。他穿着他惯常的衣服，手里提着一个装满 A4 文件和信件的塑料袋。我一与他对视就立刻移开了目光，但已经太晚了。他用手指戳了戳我的肩膀。

"嘿，我认识你。"他咆哮着说，"你就是那个在警察局和法院周围转悠的家伙。你找我有什么事？你是在为我的邻居工作吗？你是他的间谍还是什么？"

韦恩注意到了小丑鞋先生的态度，便劝他冷静下来，保持礼貌。小丑鞋先生挑衅地瞥了韦恩一眼，但马上意识到对方不是一个可以轻易违抗的人，于是压低了音量。

"那么，你为什么碰巧在这两个地方和我同时出现？你打算说这只是纯粹的巧合吗？我很怀疑这一点。"

"这只是一个巧合，但也不算特别巧，因为我在一家律师事务所工作，所以经常出入法院和警察局。"

"骗子。你告诉我你是个地毯推销员，看你这副模样我觉得还真是那么回事。"

韦恩替我打断了他的话："听着，老兄，这人是个律师，他正好也是我的代理律师。所以别再纠缠了，好吗？否则就离开这家店。"

小丑鞋先生一边摸着下巴一边盯着我看,喉咙里发出一声低沉的哼声:"你愿意做我的代理律师吗?估计你从偷听中已经知道了我投诉的大概情况。这可是一件大案子——可能会有成千上万的赔偿金。"

我没想让小丑鞋先生喜欢我,于是心中那股魔鬼的念头占了上风。

"不好意思,这不是我通常受理的案子。不过我有个建议给你。坎伯韦尔绿地附近有一家叫城畔调查公司的私人事务所,专门搜集邻里纠纷的证据。你应该亲自去拜访他们。我觉得他们能够帮助你取得一些实质性进展。"

一想到小丑鞋先生和他那一脑子胡编乱造的东西堵在他们办公室的场景,我就忍俊不禁。我给他写下地址,他非常感激地谢过我。带着咖啡和点心准备离开时,我转过身问韦恩,他不许人们问他的究竟是什么问题。

"我怎么变得这么帅。"他回答。我认为他说的是实话。

回到街区时,我仔细环顾四周,观察汤米是否在附近潜伏,但一切看起来都熟悉且正常。一进屋,我就把三把锁的插销都锁上,并加上了链条。艾米丽坐在餐桌旁,望着窗外。我把咖啡和点心递给她,接着坐到她的对面。她微笑着,然后俯身过桌,亲了亲我的脸颊。

"听着。"她说,"我想我应该去布莱顿找我爸爸谈谈。也许他有空置的房间,我可以在那里找份工作。"

她的表情表明她知道我会感到失望,但我尽力表现出相反的反应。

"这是个好计划,很妥善。比起待在这里担心汤米会突然出现要好得多。我们今天开车过去怎么样?如果你爸爸那边不行,你随时可以跟我回来。"

她立刻同意了。和艾米丽在海边度过一天的憧憬让我充满了喜悦。当她收拾东西时,我的手机响了。是一个未知号码,于是我由着它转到了语音信箱。我听了留言,原来是彼得森督察的同事打来的。他希望我尽快给他打电话,好安排一次关于布兰登谋杀案调查的谈话。我立即决定暂时不回。没人能剥夺我和艾米丽的一日游时光。

离开公寓时,我们发现格蕾丝和拉苏在她的门外等着我们。

"你好,加里。这位可爱的年轻女士是谁呀?"她问。

我尽量简短地解释说,艾米丽只是一个需要借宿的朋友。

"是这样吗,加里?只是朋友。你真善良。"格蕾丝带着一丝讽刺说道,"我找你是因为我有个好消息。我收到国家医疗服务体系的来信,说如果我能在周一之前准备好,就可以在下周一去做髋关节手术。你觉得我应该做吗?如果我想接受这个机会,我得立刻给他们打电话。"

"当然应该。"我回答道,"没有什么能阻止你的,不是吗?"

"嗯,我只是有点儿担心拉苏,我得住院一晚。你能照顾他吗?"

我低头看着正被艾米丽逗弄的拉苏。他看了我一眼,似乎在说,"如果这位女士留下来,我当然可以。"我告诉格蕾丝没问题,并说我晚上从布莱顿回来后会去看她。

"哦,布莱顿吗?"格蕾丝评论道,"那可是人们会坠入爱河的地方。要小心哦。"

21

我们开着我那辆六年车龄的棕色雷诺克里奥驶向布莱顿。沿着 M23 高速公路向南海岸行进的一路上，我们轮流挑选在音响系统上播放的曲目。我挑了一些里莱昂国王、史提利·丹、埃米纳姆和 Hot Chip 的歌曲；她则选了德瑞克、肯德里克·拉玛和泰勒·斯威夫特的歌曲。不过，在五人乐队的一首老歌《继续向前》上我俩产生了共鸣。我一直不好意思承认自己喜欢这首歌，但还是冒险放了出来。如果她不喜欢，我可以假装是在开玩笑。幸运的是，她也非常喜欢。我们一遍又一遍地重复播放这首歌，随着旋律一起放声大唱。

> 振作起来
> 当你情绪低落时
> 宝贝，好好看看四周
> 我知道这不算什么，但没关系
> 无论如何我们会继续前进

我感觉自己像个刚喝完人生第一瓶苹果酒的少年，真希望这段旅程永远不要结束。我已经很久、很久没有这种感觉了。

到达布莱顿后,艾米丽带我游览了她的家乡。她如鱼得水,全身都充满了活力,整个人放松、自如。她带我穿梭在一条条街道上,回顾过去的人和物。她会牵着我的手加快步伐,偶尔还会挽着我的胳膊,把头靠在我的肩膀上。

"这一片区域被称为'后巷'。很多年前——二十世纪七八十年代——这里十分破败,满是二手服装店和杂货铺。看到那家商店了吗?它以前是一家自助洗衣店,有一天晚上我爸爸因为把那扇大玻璃窗踢得稀碎而被抓了起来。他当时因为一点小事在生我妈妈的气。事情闹上了法庭,他被罚了五十英镑。他让妈妈每周从家用钱里支付罚款,整整一年时间……看到那家药店了吗?自打我小时候起它就一直在这里。我和我的朋友露易丝以前会从货架上偷化妆品,然后在学校卖掉……那是皇家剧院,我们每年都会作为学校旅行去看圣诞戏剧。有一年,一个叫埃迪·布莱森的小伙子脱光了衣服,沿着过道跑,还唱着《海绵宝宝》的主题曲。之后我们再也没见过他……这是丘吉尔广场。以前每到星期六下午,所有少男少女都会来这里互相打量。有一次露易丝和一个叫卡勒姆的男孩好上了,他们还去了海滩亲吻。我就在上面的长廊里看着,老实说我真的很嫉妒。他的头发很好看。事后露易丝告诉我,我没有错过什么。他接吻时眼睛一直睁得大大的,而且随着亲吻的深入,他的眼睛开始在眼眶里转动,仿佛在数一群小虫子。"

"你和露易丝还有联系吗?"我问。

"没有,已经好多年没有她的消息了。我常常会想她在做什么。我猜是些很酷的事。"

最终,我游览完了所有她想让我看到的地方后,我们将车开离城镇几公里,停在了海滨。艾米丽径直奔向一家小报摊,那里也卖水桶和铲子以及各种海边的廉价小玩意儿。她让我待在车边,等她回来。她从店里出来时,示意我跟她走,我们来到一张能俯瞰英吉利海峡的木制长椅上坐了下来。她给我买了一纸袋的零食:一根棒棒糖、一些泡沫香蕉和一条果冻蛇。

"希望这根棒棒糖够长。"她说完便咬掉了果冻蛇的头,像只温柔的拉布拉多犬一样咀嚼了起来。

她指着海滨更远处的一排宏伟的房子和酒店。

"那个就是我爸爸的旅馆,右边数第二家。他把外墙重新粉刷了,我上次看的时候还没有那些红白条纹的遮阳棚。他把它装饰得这么漂亮,真是让我恼火。妈妈以前总让他修整一下,但她在的时候他从来没动过手。"

"你经常见你妈妈吗?"

"没有我希望的那么经常。汤米不喜欢我一个人去看她。我们一起去看过她几次,但场面总是很尴尬。汤米几乎一到那儿就想离开。妈妈和她妹妹来伦敦玩的时候,我们在伦敦见过几次。但主要还是发短信或者打电话。我希望现在这种情况会有所改变。"

"我也希望如此。你会去和你妈妈还有她妹妹一起住吗?"

"不会,她们的公寓太小了,而且她的妹妹已经时日无多。这对她们不公平。"

我撕开棒棒糖的包装,开始了长时间专注的舔食。艾米丽则在嘴里转动着那条果冻蛇的头。

"以前每个星期天早上,我在给爸爸买报纸的路上都会来这里坐一会儿。我的初吻就是在这张长椅上发生的。"

"哇。应该弄块牌匾什么的,来纪念这个事件。"

她把头靠在我的肩膀上,转过脸看着我。"为什么不用我们之间的初吻来纪念它呢？"我们以一种有点玩笑、有点讽刺的方式接吻了。那看起来可能只是朋友之间的亲吻，但会永远留在我的记忆中成为最美好的亲吻之一。那之后，她站了起来。

"我想是时候去见那个老家伙，向他乞求施舍了。你想跟我一起，还是想留在这里安静地吃你的棒棒糖？"

我选择留在原地，欣赏大海和在海滩及长廊上嬉戏打闹的海鸥。我看着她走远，心里盼望着她的父亲没有空房。我相信她喜欢我，也相信她真的打算离开汤米。我已经完全抛开了她可能还和麦考伊及城畔调查公司有关联的念头。或许我真的有机会和她在一起。在等待艾米丽回来的时间里，我决定给格蕾丝打个电话，看看她的情况。

"嗨，格蕾丝，你怎么样？"

"哦，是你啊，情圣先生……"

"我只是想看看你还好吗。"

"我很好，为什么不好？"

"没什么。昨晚睡得好吗？"

"嗯，像个婴儿一样。"

她显然是在撒谎，但我没有勇气揭穿她。

"你已经安排好，预约上手术了吗？"

"别管那个。你难道不想问问我对她的看法吗？"

"原本不想，但我想你是要告诉我了。"

"她太好了，你可配不上。不过你们在一起看起来很可爱，而且拉苏喜欢她，这对我来说已经足够了。"

"嗯，谢谢你，格蕾丝。除了当地的屠夫，我最看重你的意见。所以，你安排好手术了吗？"

"是的，都安排好了。如果我没能挺过去，拉苏和冰箱里剩下的东西都归你了。"

"你会没事的。我晚点或明早再联系你。"

"哦,明早是吧?你是说如果今晚你走运的话?"

"格蕾丝,我每天都很走运,因为有你在身边照顾和骚扰我。"

"那倒是。"

"我不在的时候,有没有人来过我的公寓?"

"大约一个小时前,我听到有人敲你的门,但我在上厕所,没能及时出去看看是谁。真讨厌这种情况。"

"我知道你讨厌。"

大概半小时之后,艾米丽回来了,她走近时朝我做了个大拇指向下的手势。她一屁股坐到我旁边的长椅上,向我讲述了刚刚发生的事。

22

艾米丽

当我走进旅馆时,前台和所有公共区域都空无一人,于是我径直走向顶层的家庭公寓。我敲了敲门,然后一边继续轻轻地敲,一边缓慢而礼貌地推开门。我的父亲正坐在一把有扶手的休闲椅上看报纸,正是我离家那天他坐的那把椅子。我震惊地发现他消瘦了许多,看起来面色苍白而憔悴。他的皮肤薄得像纸一样,呼吸声沉重而不适。他显然身体不太好。我在门口伫立了片刻,他没有抬头。

"你好,爸爸。"我走进房间几步,说道。

房间的装饰和氛围似乎没什么变化。唯一显眼的东西是一盏放在餐边柜末端的大台灯,灯的形状和设计像一只橘子。我住在这儿时,房间里从来没有接受过这样的色彩。妈妈过去常穿明亮的橙色和黄色裙子,坐在这个房间里时,她总是像孔雀一样闪闪发光。或许那盏灯是对她缺席的某种象征。

父亲转过头来看着我。

"你想要什么?"他说,语气中没有一丝熟悉、亲情或惊讶。过去那些悲伤和恐惧的记忆突然涌上心头,让我意识到这次见面不会顺利。一刹那我想或许我应该直接走出门，就此了结。这真是一个大错误。我回应了他，但声音中无法唤起任何温暖或情感。

"爸爸，我现在有点儿麻烦，我在想你能不能帮帮我？"

"我猜你是想要钱吧。我经常想，这一天什么时候会到来——你敲响我的门，告诉我你在生活中一败涂地，就像你做女儿一样失败。"

"不，我不要钱，我只是需要一个住处，我并没有让你失望，爸爸。我做了你要求的一切。"

"是的，而你为此恨我。你恨我，因为我试图引导你进入成人的世界，而那——亲爱的女儿——是我作为父母的责任。"

"我不恨你。我只是恨你对待妈妈的方式，恨你实际上多么不愿意和我在一起。这个家里的一切都是为了让你的生活过得舒服，不管我和妈妈要付出什么代价。如果你不愿意帮我，那就不必。你知道的，如果不是走投无路，我不会来找你。"

"我为什么要帮你？都是因为你的所作所为，因为你缺乏责任感，我失去了你的母亲。"

"不是这样的。她离开是因为你没有善待过她。你知道吗？她现在很幸福。你明白她的幸福是从她踏出这个地方的那一刻开始的吗？"

他的脸上闪过一丝痛苦的颤抖，随即他站起身，说："我为她感到高兴，但你显而易见的痛苦让我更加高兴。"

若是小时候，这一刻我会哭着求饶，但今天我没有这样做。

"你知道吗？我不需要你的帮助。我想我从来都不需要。为什么你不去死，和这个悲惨的地方一起腐烂？"

父亲对我笑了，这种罕见的表情通常都伴随着讽刺或尖刻的评论。然而这次却没有。

"这才像话。"他说,"也许你还有希望。"

我最后冷冷地说了句"去死吧",然后摔门而出,离开了旅馆。走下台阶时,我想到母亲曾做过同样的事。像她一样,我知道我永远不会再见到我的父亲了。这种感觉真好。

23

"哇。"这是我唯一能想到的话。

"所以,我想我不会住在这里了。"艾米丽总结说。

"感觉怎么样?"我回应道。

"解脱,饥饿,还有一点点难过。嘿,你把这块棒棒糖舔得可真尖。"

"是啊,像武器,是吧?你想借用一下,把它刺进你爸爸的心口吗?"

"不,那没意义——他根本没有心。我会直接把它戳进他的屁股,那样会更疼。"

"别担心找不到落脚之处。你在我家想住多久就住多久。"

"谢谢你。不过我还是担心汤米,他肯定会再次出现的。"

"我觉得你不该担心。记住,我门上有三把锁——没错,是三把——还有一条链子,一条真正的链子。"

艾米丽笑了,又给了我一个友好的亲吻。

"我们今晚要住在这里吗?"她问。

"是的,我觉得我们应该住在这里。"

我们在海滨附近的一家小旅馆预订了一间双人房,房间里有两张分开的单人床。我们谁也没对对方做出什么举动,但感觉这确实像是我们作为情侣第一次共度良宵。当我们坐着看电视，吃肯德基桶时，我收到彼得森手下的另一条消息，邀请我见面。我毫不介意让他多等一等。

第二天早上，我们开车回到伦敦，我略带兴奋，为我们日渐加深的关系感到有些飘飘然。我没问她我们是不是已经算是情侣，但感觉我们就是了。我们大约在中午到达，像军事行动一样小心翼翼地靠近公寓。一进屋，我们就直接上床小憩了一会儿。一个小时后，一阵猛烈的敲门声把我们惊醒。我们躲在被子里，直到听见访客离开的声音。艾米丽猜测那不是汤米，因为如果是，他肯定会咆哮大叫，可能还会试图破门而入。我的电话又响了，我让它转到了语音信箱。是贝利警探，他建议我去佩卡姆警察局就布兰登谋杀案做一份口供。他还带着歉意地说，如果我不去，调查人员可能不得不来我家面谈。

我需要找人商量这件事，既然我对艾米丽的动机不再有任何怀疑，于是决定向她倾诉。我跟她讲了关于考利和威尔莫特的事，也说了麦考伊来寻找U盘的事。她问我U盘现在在哪儿，我告诉她已经被安全地藏在公寓外面，并且对我来说会永远"丢失"。我没有告诉她我看过文档内容，也没说里面提到了她的名字。她的生活中不需要更多焦虑了。我们得出结论，最好的行动方案是坚持"U盘丢失"的说法。

"你没有参与布兰登的谋杀案，所以不用担心。"她安慰我说，"我猜他们唯一感兴趣的就是跟进那两个冒牌警察的事。关键时刻，你还可以把U盘交给他们。到时候只说它在某个早被遗忘的口袋里出现了。"

我打电话给贝利,约好在当天下午三点去警察局。还有一个小时的空闲时间,于是我们俩去了格蕾丝的公寓喝茶。

"哦,是你啊?"这是她给我的欢迎语。当她看到艾米丽和我在一起时,态度立刻转变了。"哦,艾米丽,你好,见到你真高兴。顺便说一下,我喜欢你外套的颜色。真的很适合你。我有一个同样绿色的套装,来,进卧室,我拿给你看。"

格蕾丝把艾米丽带进卧室,而我走到厨房,烧上了水。台面上有一瓶糖水桃子罐头,显然格蕾丝试图打开它但没能成功。她勉强把盖子弄开了一点儿,然后在尝试撬开时割伤了自己。台面上有几滴血,弃用的开罐器上也有一抹血迹。电动烤面包机里露出一片烤过的面包,已经变硬了。我感觉格蕾丝的情绪一定很低落:有些事情不对劲。我忧心起她几天前独自守夜的意义,并为在她要去医院做手术的前一天把她一个人留在家里感到一阵内疚。

我泡好茶,坐在沙发上等着。我能听到艾米丽和格蕾丝在卧室里的聊天声和欢笑声。她总是表现得很坚强,或者也许只是因为相比我,她更喜欢艾米丽的陪伴。拉苏趴在卧室门外的走廊地板上,眼睛盯着我,脸上的表情仿佛在说"我觉得这里不需要你"。当她们回到客厅时,艾米丽身上穿着格蕾丝的绿色套装。她看起来非常惊艳,从她的微笑中可以看出来她也是这么认为的。

"你一定要收下它。"格蕾丝说,"它对我来说已经没用了,而且可能比我的尺寸小了四码。我很想把它送给你。"

艾米丽做出了一番拒绝的姿态,但格蕾丝坚持不让她回绝,最终她接受了这份礼物。

大约一个小时后，我离开仍在畅聊的她们，前往警察局。等了十分钟到十五分钟后，贝利警探出来迎接我，并把我带进了一间问讯室。他先叨唠了一套通常的说辞，告诉我我并没有被逮捕，可以随时离开。接着他解释说自己不会亲自问讯，负责调查布兰登谋杀案的警员很快会过来和我交谈。等待的过程中，我反思了一下，如果我是自己的客户，我会建议我选择"无可奉告"的问讯策略。也许我应该听从自己的建议，采取同样的做法。

门开了，正是威尔莫特督察和考利督察，他们以一种阴郁的姿态出现在我眼前。考利进来时还在打电话，正要结束通话。

"这确实非常有趣——如果你不介意我这么说的话——时机也很完美。这边的事一结束我会马上回复你。"这是他通话中的最后一句。

和之前一样，主要说话的是考利，而威尔莫特似乎对他手中的汉堡和奶昔比对我更感兴趣。

"你好，又见面了，加里。我是来自刘易舍姆重案组的彼得森警探，这位是我的同事罗利特警探。不好意思迟到了，因为我们对这个警局的布局不太熟悉，转错了一两个弯。"

"我还以为你们叫威尔莫特和考利呢。"

"是的，有时我们是，但这不需要你操心，加里。"彼得森（即考利）说，"这只是我们偶尔采用的一种特殊操作，有时可以帮助我们抓到坏人，而你肯定也希望我们抓到坏人，对吧，加里？"

"所以，当你们觉得合适时，就会使用假名字和假身份？这听起来很可疑，不过，是的，我当然希望你们抓到坏人。那么，我能怎么帮到你们呢？"

彼得森接着说：

"加里，我们希望你明白，这次的调查非常复杂和敏感。我们很需要你的合作。你愿意配合吗，加里？"

"当然，我没什么好隐瞒的。"

罗利特（即威尔莫特）突然大笑起来，笑的过程中将一块面包和汉堡肉喷到了桌子上。他伸手抓起那块食物，用拇指和食指夹住，然后放回了嘴里。

"你们不打算对我进行警告并宣读我的权利吗？"我问。

"不需要那样，加里，这只是一次非正式的交谈。我们非常重视你的合作，所以让我们保持轻松愉快的氛围。"彼得森回答。

"好吧，那就来吧。"我回应说，假装自己毫不在意。

"你擅长藏东西吗，加里？你是不是像一只小松鼠，会把坚果藏起来，然后合适的时候再回去取？你是这样的人吗，加里？"彼得森问。

"我不知道你在说什么。"

"U 盘在哪儿，加里？"

一股冷汗涌遍我的全身，连以前从未出过汗的肌肤都被沁透了。

"无可奉告。"我回答。

"我们知道你有那个 U 盘，也知道你把它藏起来了，你以为这样是安全的。但相信我，加里，在我们拿到那个 U 盘之前，你和你爱的人都不会安全。现在，它在哪里？"

"无可奉告。"

罗利特截过话头，嘴里塞满了灰色的肉和湿漉漉的面包。

"别再'无可奉告'了,老兄。隐瞒证据是严重的犯罪行为。告诉我们它在哪儿,这件事就算完了。"

"无可奉告。"

"你有没有打开 U 盘,看过里面的内容,加里?"彼得森问。

"没有。"

"是'没有,我没打开过',还是尝试再来一句'无可奉告',加里?"

"无可奉告。"

"听着,加里。"彼得森继续说,"我们确切地知道你把那个 U 盘藏在了你住所外的某个地方。你想让我们派出警员和警犬搜查整个住宅区吗?这是你想要的吗,加里?"

"无可奉告。"

接下来十分钟里他们一直追问我关于 U 盘的事情,而我则保持回答"无可奉告"。有一刻,罗利特从文件夹里拿出两张照片放在桌上。一张是布兰登的照片,他的脖子和胸口周围沾满了干涸的血迹;另一张是一把装在塑料管里的刀。这把刀看起来有些眼熟,但我想不起来在哪里见过。他们没有对照片做出任何评论,也没有就此问我任何问题。

最后,他们似乎接受了我不会合作的事实。我询问是否可以离开。

"这是你的权利,加里。"彼得森说,"不过下次你估计不只是和我俩打交道了,情况可能会更糟。我感觉你还没有真正意识到自己正在对付的是谁,这反倒让我感到放心,因为这意味着你可能还没有打开那个 U 盘。我们很快会再见面的,加里,我建议你在此之前重新考虑一下。"

离开警察局时我十分害怕与不安。彼得森和罗利特对于找到杀害布兰登的凶手并不关心。实际上,他们可能已经知道凶手是谁了。我并不是嫌疑人,他们对我的唯一兴趣就是那个U盘。

我顺路去了韦恩的咖啡店,主要是为了见到一张友好的面孔。韦恩从柜台后面抬头看见我,立刻察觉到了我的痛苦。

"怎么了,老兄?你的收成被虫害或者洪水毁了吗?"他问。

"嗯,差不多吧。两杯咖啡,再来两片巴滕堡蛋糕。"我回答道,不想多说什么。

"天哪,你气得像条鲤鱼,完全肿胀了。"

"谢谢,韦恩。嘿,你爸爸有没有收到警方的消息?"

"你为什么不自己问他呢?他就坐在那边靠窗的角落里。"

我转过身去,看到一个六十多岁、头发稀疏的男人,穿着一套破旧的灰色羊毛西装,搭配着衬衫和领带。他的脸庞瘦削,眼袋很大,不停地舔舐嘴唇以保持其湿润。他的西装有点松垮,眼睛一直盯着天花板,看起来像是精力耗尽的样子。我走过去做了自我介绍。

"您好,您是韦恩的父亲吗?我只是想打个招呼。我是加里,韦恩的法律小弟。我可以坐下吗?"

他默默地点点头,表示没有异议。

"既然你这么说,我顺便提一句,我想应该是法律大人而不是法律小弟吧。"我坐下时他说道。

"是的,通常是法律大人,但我偶尔为女王工作,所以可以用法律小弟这个词。"他看着我,仿佛我是一则驴子庇护所的广告。

"我能帮你什么吗,加里?"

"嗯,您的儿子似乎和您以前在刘易舍姆重案组的同事们牵扯不清。问题是，我好像也卷入了其中，简言之，我很害怕。"

"我们在说的是谁？"

"彼得森和罗利特。"

"那听起来差不多。他们有没有栽赃你？有没有试图贿赂你？他们是不是在逼你做伪证？"

"没有，我有一份他们非常想要的文件，那份文件基本上揭露了他们所有的勾当。"

"我猜你在考虑把文件交给记者、警察，或者甚至是国会议员？"

"是的，这些我都想过。"

"你在伦敦有家人吗？"

"没有。"

"亲密的朋友呢？"

"也没有。"

"那我的建议是，把他们想要的东西给他们，然后离开这座城市。如果你不这么做，你的生活将永远改变。很多年前，我犯了错误，挑战他们，从那以后，我每天都在后悔。我几乎从不离开我的房子，跟坐牢没什么两样。如果不是靠药物，我早就不在了。别把自己的生活搞砸了，加里。"

"嗯，这确实是最简单的选择，但放任他们逍遥法外，让他们继续腐败和滋事，这让我良心不安。"

"你需要考虑你自己，而不是其他人。如果有必要，他们会杀了你。你认识一个叫布兰登·琼斯的人吗？"

"认识，他上周被发现遇害了。"

"嗯，他正在调查彼得森的那些勾当，结果你看看他的下场。"

"您知道他为什么想要揭发他们吗？我的意思是，他跟约翰·麦考伊一起工作，据我观察，他处于事件的中心。"

"我听说过几种不同的说法。有人说他想成为麦考伊公司的合伙人，但被拒绝了。也有人说麦考伊的助手汤米·布里格斯跟布兰登的前女友搞在一起，他想报复汤米。也许他只是像你一样良心发现。但无论如何，事情的发展都不如布兰登预期的那样。别学布兰登，我可不想让韦恩失去他的法律大人。"

"是小弟。"

"随你怎么说。"

"警察有没有就毒品指控联系过您？快到首次出庭时间了。"

"还没有。他们喜欢让我焦虑。也许这次他们会真的付诸行动。说实话，我无所谓。不管怎样，最重要的是要让韦恩摆脱干系。如果他们继续起诉，我会认罪，只要他们撤销对韦恩的指控。他们会这么做的，没问题。我会服刑，可能是五年，正如我说的，我的生活就像坐牢，所以有什么可担心的。"他说着舔了舔嘴唇，站起来准备离开，"好吧，我该走了，我还是回到我的牢房去。"

"很高兴见到您。祝您有愉快的一天。"我真诚地说。

"随你怎么说。"

我不想让我的生活变得像韦恩的父亲那样。想到把U盘交给彼得森或麦考伊的主意，我感到一丝轻松。

24

回到公寓时,我发现信箱里塞了一张便笺:我们需要谈谈。我在办公室。

是约翰·麦考伊写的。我喊了一声艾米丽的名字,但没有回应。我猜她还在隔壁和格蕾丝在一起。我吃了一片巴滕堡蛋糕,然后把另一片带到隔壁,心里明白它最终会进到格蕾丝和拉苏的嘴里,而不是艾米丽的。格蕾丝开门时显然刚睡醒,正在摆脱午睡的迷糊状态。"嗨,格蕾丝,不好意思吵醒你。"

"我没睡。你为什么总以为我在睡觉?"

"艾米丽在吗?"

"不在,你离开不久她就走了。她是跑掉了还是怎么了?"

"我不知道。我不在的时候,你有没有注意到有人来过我的公寓?"

"我怎么会知道?我睡得很死。进来给我泡杯茶吧。"

我照着她说的做了。牛奶已经开始变质,在茶上形成了一层油腻的薄膜。格蕾丝似乎没有注意到。

"你还好吗,格蕾丝?"我问。

"还行吧,为什么这么问?"她答道。

我决定开诚布公,向格蕾丝承认我前几天晚上看到她在游乐区的小小守夜仪式。我知道她状态不好,我觉得自己有责任在她需要时提供一个友善的肩膀。

"只是前几天晚上我睡不着,出去透气时看到你在游乐区,好像在哭。"

"那不关你的事,我希望你以后别再监视我了。"

"我没有监视你,格蕾丝。拜托,告诉我发生了什么事。"

格蕾丝直视我的眼睛,慢慢从椅子上站起身,然后从书架上的一个盒子里取出了什么东西。她坐回椅子时,将一张照片扔在我面前的桌子上。照片上是一位留着深棕色齐肩长发的女士,站在格蕾丝公寓门外的走廊上。她穿着格蕾丝早上送给艾米丽的那套绿色套装,身旁是一个大约五岁的小女孩,正在舔一个冰激凌蛋筒。她们看起来很开心。

"这张照片很好看。她们是谁?"我问。

"是我的女儿玛丽和我的外孙女莉齐。"

"天哪,格蕾丝,你从没提过你的孩子们。"

"是孩子,不是孩子们,没错,我从没跟你提起过。"

"为什么?"

"因为每次想到她我就心如刀绞。"

"我不明白。她去世了吗?"

"没有。她恨我,我已经三年没见过她们了。"

我看得出来她快要哭了。她再次慢慢地从椅子上站起来,把脸转向窗外,凝视着外面的树木和远处的大街。

"玛丽以前住在离这里只有几公里的东达利奇。大约每月一次,或者每当她遇到麻烦时,她都会把莉齐送到我这里,让我照看一个周末——从星期五晚上到星期日早上。星期六,我会带莉齐出去玩,有时去动物园,有时去格林威治看卡蒂萨克号；星期日，我们会去东街市场给她买个小礼物，作为她乖乖听话的奖励，然后吃个冰激凌或者喝杯香根草饮料。其余时间我们就待在公寓里看电视或者玩电脑。她在电脑方面非常有天赋，就像她的外婆一样。她特别喜欢拉苏，每天都要我和她一起带着拉苏出去散步四次，有时候甚至五次。虽然她妈妈给我准备了一张可以放在客厅的折叠床，但她总是睡在我的卧室里。她最喜欢的睡前故事叫《比利的巴士》，讲的是一只胖乎乎的黑白猫，开着巴士在镇上转悠，让猫咪们可以互相拜访。我床头柜上有个手铃，每次巴士停下来接乘客时，她都会摇响它。"

我注意到格蕾丝艰难地咽了口唾沫，抹去眼角的泪水。我决定不要打断她。

"那是三年前，一个星期六晚上，莉齐想吃番茄圈吐司当晚餐。家里没有存货，于是我决定去哈维尔街的便利店买一些回来。莉齐已经换上了睡衣和粉色睡袍，因为疲惫有些烦躁。因为便利店离这里只有五分钟路程，她又是个挺懂事的七岁孩子，所以我不太担心把她一个人留在公寓里。我告诉她我去去就回，让她必须待在沙发上陪着拉苏，给他揉揉肚子，直到我回来。

"当我回到公寓时，门敞开着，莉齐和拉苏都不见了。我顺着楼道望向对面的游乐区，看到拉苏没有拴绳在四处闲逛。我一边冲下楼梯，一边喊着莉齐的名字，当我从楼梯间出来时，拉苏已经在那里等我了。他的鼻子上沾着看起来像血的东西。我瞥见在游乐区的尽头三四个少年正骑着自行车飞速离开。我跑向游乐区，看见莉齐蜷缩在跷跷板的一侧，脸朝下趴在泥地上。我跑到她身边，把她翻过来，发现她的小下巴被砸得粉碎，血从她的鼻子和嘴里涌出来。"

格蕾丝在抽泣，我不知道该说什么。我站起来，把手放在她的肩膀上。

"那晚我一直在医院陪着她。她不得不接受手术，把下巴重新接上，还做了舌头手术。她妈妈到达后，得知了发生的事，立刻把我赶出了医院，并告诉我再也不让我见她们了。我每天都在思念她们。"

"对不起，格蕾丝。你以前为什么没告诉过我这些？"

"你知道的，我的日子时好时坏，但我一直认为如果我谈论这件事，就会回到起点。"

"今天早上你和艾米丽一起试衣服时，看起来精神很好。"

"我擅长伪装。这是我每天都要做的事。"

"天哪，你的女儿真的很像艾米丽，尤其是穿上那身套装的时候。"

"我知道，我想这可能就是让我再次崩溃的原因。"

"那你现在和你女儿还有联系吗？"

"我试过，试了大约一年，不停地乞求原谅，询问莉齐的近况，但她从未回应。我以前常常坐公交车去东达利奇，希望能偶遇莉齐，但有一次碰到了玛丽，她威胁我说要报警和请律师之类的。所以我现在不再去了。我听说她已经搬到了肯特。我只能希望有一天她会原谅我，或者莉齐长大后会来找我。不过，我已经没有多少时间了。"

我在格蕾丝家里待了大约半个小时，直到她的情绪看起来有所好转。在时机合适的时候，我委婉地提到，作为外祖母，如果她愿意的话，可以申请莉齐的探视权。她似乎很惊讶，但拒绝继续这个话题。当我离开她家时，她给了我一个拥抱。

"也许跟人谈论这件事也不是坏事。聊一聊,哭一哭,我感觉好多了。谢谢你。"她说。

"随时奉陪。"我回答道。

25

我回到自己的公寓后,走进卧室,发现艾米丽的背包和斜挎包都不见了。我只能想到两种可能性:一是她自己跑了,二是她和麦考伊离开了。如果她是和麦考伊一起走的,那她要么还在为他工作,要么是被胁迫了。我决定带上U盘,去城畔调查公司的办公室走一趟。

我来到游乐区,坐在被拆了的跷跷板的基座上。在泥泞的缝隙中翻找U盘时,我不禁去想象格蕾丝在那个可怕的日子里是什么感受。我突然意识到,也许那场事故是导致住宅区里的人对格蕾丝避之不及的原因。不过,更大的可能性是,她因为内疚和羞愧而疏远了其他人。而我来到这里后,她确实向我伸出了援手,这让我感到既特别又幸运。

突然,我的松鼠朋友出现在我身旁。他的尾巴看起来无力又油腻,眼睛也失去了往日的光彩。

"你怎么了?看起来糟透了。是不是打架了?"

"事实上,确实打了一架。有个家伙骚扰我女朋友,我就冲他发火,让他反思自己的行为,并警告他别再来惹事了。"

"哦,所以她现在是你女朋友了,是吗?她知道你在公共场合这样称呼她吗,还是只是你一厢情愿?"

"嗯，怎么说呢，我和她决定要孩子了，所以如果考虑到这一点，你不得不说我们之间的关系还挺认真的，对吧？"

"那倒是。你受伤了吗？你看起来有点儿脏。"

"我头有点儿疼，不过我嚼了些柳树皮。这东西和阿司匹林一样好用——等药效上来我就没事了。那么，你为什么把这个U盘挖出来了？有什么计划？"

"我打算把U盘交给那些想要它的人，摆脱这一切。"

"那个女孩呢？她在这个计划里扮演什么角色？因为我知道你一定也考虑过她。"

"你说得对，我不想把U盘交给警方的原因之一就是会牵连到她。我已经处理好了。如果我把它交给麦考伊，我猜她会安全的。在今天之前，我以为彼得森和麦考伊已经相信了U盘丢失的说法，但他们并没有，他们知道我把它藏起来了。"

"他们怎么知道的？"

"也许他们一直在监视我。"

"如果是那样的话，他们早就自己挖出来了。你告诉过别人吗？比如说，那个经常和你在一起的古怪女人。在我看来，她有些棘手。"

"没有，我只告诉了艾米丽，但她站在我这边。她不会让我陷入困境的。"

"哦，是吗？可笑的是她没有留下任何解释，甚至连声告别都没有，就离开了公寓。你可能要想想是不是被耍了，老兄。也许她只是留下完成任务。"

我想到了彼得森在问讯我之前接的那个电话。艾米丽打电话给麦考伊，然后麦考伊通知彼得森的设定似乎很符合当时的画面。该死，我被耍了，更糟的是，耍我的人是艾米丽，我心爱的女人。

"你需要把 U 盘交出去。这是能弄清她真正意图的唯一办法。也许她会留下来,也许你再也见不到她了。不管怎样,最好搞清楚,不然你会一直忧心忡忡。"

"我现在应该带着它吗?"

"带进虎穴?我觉得不妥,老兄。你需要在自己能掌控的情况下,找个公开场合交出去,并且要先得到未来不会牵连你的保证才行。"

"是的,你说得对。"说着,我将 U 盘又塞回泥泞的藏匿处。

"总之,和你聊天很愉快。我得回家去找我老婆了。"

"哦,现在是'老婆'了?"

"别告诉她我这么说了。"

然后他离开了。

我坐进车里,驱车前往坎伯韦尔绿地,然后来到你在故事开头与我相遇的地方,就是困在斑马线前等着一个家伙捡起撒落一地的洋葱。没有艾米丽,也没有什么值得一提的朋友——除了格蕾丝。生活的确感觉很糟。整个事件弄得我既害怕又疲惫。希望我和麦考伊的会面能成为这一切结束的开始。

我把车停在距离城畔调查公司入口几码远的装卸区。通过对讲机告诉苏菲我的名字后,我被直接放行。麦考伊在楼梯顶等着我,我跟着他走进办公室。没有看见艾米丽。彼得森督察已经在了,坐在麦考伊办公桌的一侧,正一边说话一边检查着麦考伊的枪。

"又见面了,加里,很高兴你来了。我们得加速了。我相信你和我们一样对这一切感到厌倦,希望你已经意识到你比我们更输不起。坐下吧。"彼得森说,显然他很享受这一刻。

我坐了下来，我发现自己这次没有出汗，而是感到奇怪的麻木。我想是艾米丽的背叛让我产生了这种感觉。我甚至毫不在意。

"加里。"麦考伊也坐了下来，水汪汪的眼睛直直地盯着我，"我们能别再互相耍花招了吗？U 盘在哪里？现在告诉我，否则事情可能会变得很严重。"

"艾米丽在哪儿？"我问，声音还没出口就已经毫无感情。

"她和汤米在一起，至少我最后听到的消息是这样。不过这对我来说并不重要。告诉我 U 盘在哪里。"

"是艾米丽告诉你我把 U 盘藏起来了的吗？"

麦考伊瞥了一眼彼得森，彼得森回答道：

"无可奉告。"

"她还在为你工作？"我继续问。

"无可奉告。"麦考伊说，"不过也许我应该说，她对我们的事业很有帮助。所以你应该多考虑下交出 U 盘的事，而不是想着那个小骚货。"

我的心灰意冷溢于言表。麦考伊的表情先是怜悯，然后又因我的痛苦而露出快意。或许我心里仍有一丝微弱的信念，相信艾米丽是真心的。我以为我能让她喜欢上我，但她玩得比我更高明。

"我愿意交出来，但有个条件。"我脱口而出，似乎在暗示我还有一些谈判的余地。

"什么条件？"麦考伊不耐烦地问，带着几分轻蔑。

"韦恩·摩尔的父亲。我希望撤销对他的指控，我正在想我该提出什么要求，才能确保你们以后不会再打扰他。但老实说，鉴于你们的行事作风，我有些无法想象。"

"我可以打个电话给法医实验室让他们撤销指控。"彼得森宣布道,"我的人会提供一份报告,确认在他车上发现的东西不是可卡因或其他管控类药品。"

"好吧,我希望你现在就做,请吧。"

麦考伊向彼得森点头示意,彼得森便离开了办公室,希望他是去搞定那份报告了。

"加里,我有件事要和你算账。"麦考伊说,"我有一个新客户叫霍尔斯沃斯先生。你认识吗?"

"不,不认识。我应该认识吗?"

"如果我告诉你他的邻居是阿尔巴尼亚人,而且根据霍尔斯沃斯的说法,这个邻居喜欢晚上在他的阁楼里胡闹,你有印象吗?"

"没有,还是没什么印象。"

"别装了,加里。你把他送来这里,在我看来,就是一种小心眼的报复,只是为了给我的公司添乱。你知道吗?他每天都来,比我们到得都早,而且已经向当地的议员投诉了。更糟糕的是,他还跟当地警察报案,声称汤米把他赶出办公室时袭击了他。幸运的是,彼得森督察应该能帮我们搞定这些事。但是,如果你觉得在这里没有得到公平对待,加里,那么你可以把部分原因归咎于你送来的这个麻烦人物,霍尔斯沃斯先生。"

我为给麦考伊带来了一些麻烦感到高兴,但一想到麦考伊和彼得森完全掌控着我的命运,我又心生顾虑。我看向麦考伊脑袋后面的玻璃展示柜,注意到里面摆放着一堆看似毫不相干的奇怪物品:有啤酒杯、烟灰缸、两三包打开的香烟、一个手杖把手、三个纸咖啡杯和两个瓷茶杯、一个门把手、各种餐具、一把胶枪、一张停车罚单,还有很多类似的杂物。

"柜子里的那些东西是干什么用的？你在收集破烂吗？"我问。

"那可不是什么破烂，孩子。那是我们处理过的一些有趣案件的纪念品，都是我手下辛辛苦苦收集来的宝贝，可以提取指纹和DNA样本。我们公司为我们的朋友，彼得森督察，做了很多证据收集工作。对我们来说非法获取这些东西比警察走官方渠道要容易得多。不过，主要还是为了身份鉴定。"

"彼得森会用这些去栽赃无辜或者威胁证人？"

"无可奉告。"

我想起第一次在格罗夫酒馆和艾米丽见面时，我正被监视。她当时大费周章地把我的盘子和餐具还回吧台。我还记得布兰登的文件中提到的一个细节，说汤米在甜蜜陷阱行动中拿走了那个人的一只酒杯。突然，我恍然大悟，也恢复了一些理智。

"我要拿回我的刀。"

"什么刀，加里？"

"就是在警察局里罗利特给我看的那把，艾米丽从格罗夫酒馆偷走的那把。是一把牛排刀。该死，你们是不是想把我和布兰登的谋杀案牵扯在一起？如果你们不把那把刀给我，那你们就去死吧。我会把U盘交给媒体、交给苏格兰场——我说不好，我会把它送到任何地方。"

"冷静点儿，加里，别激动。我去看看彼得森督察那边的进展。"

麦考伊起身离开了房间，并把门锁上了。我从椅子上站起来，在房间里踱步，检查柜子里有没有那把刀。我甚至检查了窗户，看看能否安全地跳出去。我听到门锁开了，麦考伊和彼得森走了进来。我从桌子上拿起枪，对准他们。

"把刀给我!"我喝令道。

"你要开枪打我们吗,加里?"麦考伊说。

"不,我没有,但我吓得要死,已经不知道还能做什么了,快把刀给我!"

"把枪放下,加里。"彼得森警探说道,听起来就像个真心关切我的警察,"我相信我们可以就那把刀达成某种协议。"

这是一线曙光,于是我压低了枪口。

"什么协议?告诉我我要做什么。来吧!我只是个可怜的小人物。你们为什么要这么对我?"

"你也不算矮,加里。"麦考伊说,"我身高中等,你也就比我矮五厘米。"

彼得森把一张 A4 纸放在桌子上让我看。我拿起它,但没有松开枪。这是一份来自伦敦警察厅法医实验室的报告副本,上面写着,摩尔案中,提交的样本在管制物质检测中呈阴性。我以前见过很多这样的报告,看起来是正规的。我抓起报告,把它塞进我的外套口袋。

"谢谢。"我说,"但现在我更关心的是关于那把刀的协议。我保证,如果我拿不到刀,你们就永远别想得到 U 盘。你们已经把刀作为证据登记了吗?"

"还没有。"彼得森说,"我们给你看的照片只是我们认为割断布兰登喉咙所使用的凶器的型号。我们对此相当确定——它的刀刃形状非常独特。"

"你们刚好就有一把带着我指纹的那种刀?"我把枪重新举起来,直接对准麦考伊,"把刀给我。"

"不然呢?"麦考伊笑着说。

"我不知道,但我快崩溃了,所以谁他妈知道呢?我肯定不知道，而我现在正拿着枪。"

麦考伊走到办公桌的后面坐下。"我们会把刀给你，孩子，只要我们拿到 U 盘。让我们称之为公平交换，我们可以在你选择的地点和时间进行交易。你觉得怎么样？"

"听起来不错，但我不信任你们。今天下午在我公寓楼前的游乐区见面吧，就在我们之前说话的地方。我准备好了就给你们打电话。"

"完美。"麦考伊说。

"那这事就算结束了吗？一切就到此为止了吗？你们会放过我吗？"我哀求道。

"当然。"他俩异口同声地回答。

"只要一切顺利。"麦考伊补充道，"现在把枪给我，加里，让我们把它放到安全的地方。"

"不可能。我要带着它。"我回答，"等我觉得安全了你们才能拿回去。"

"你不会想在路上被警察拦下，然后发现车里有枪吧，加里？这种事很容易安排。"彼得森讽刺地说，语气中可能带着一丝嘲讽——很难看透他的真实想法。

"不，我不想，但我愿意冒这个险。我拿到 U 盘后会打电话通知你们交接的时间和地点。"

我把彼得森推出门，带他走出房间，然后把枪放进外套口袋，大步走出办公室。我听到彼得森和麦考伊大笑的声音，我猜他们在笑的事并不好笑。有些人经常这样，通常这样的人都是浑蛋。

我打开通向街道的大门时，迎面碰到了小丑鞋先生——亨利·霍尔斯沃斯。他站在对讲机旁，正对着摄像头扮鬼脸。我替他把门撑开,示意他进去。

"我想他们在等你。"我说。他大步走上楼梯,每一步都伴随着小丑鞋的吱吱声。

26

我开车回到家附近,看到我的松鼠朋友和他的女朋友正绕着一棵大山毛榉树的树干互相追逐。他没有注意到我。

我去拜访了格蕾丝,她已经完全清醒过来,看起来精神焕发。我们一起坐在外面的楼道上,喝了一杯茶。

"你找到她了吗?"格蕾丝问。

"没有,我想她和别的女孩一样,抛弃了我,奔向了更好的生活。"

"啊,好吧,别介意,天涯何处无芳草。不过,她真的很可爱。"

"谢谢,格蕾丝,你的话对我很有帮助,不过她并不像你想象的那么好。她有一套方法来吸引人,但那只是为了她自己的目的——跟感情、爱意或其他任何东西都毫无关系。"

"和你有点儿像,加里。"

"我也觉得。说得有道理。但我确实想让你明白,失去她让我感到难过,并希望你在接下来的几周里能像对待王子一样对待我。"

"我一直都是这样的。"

"你明天的手术准备好了吗?"

"我取消了。"

"哦，该死，格蕾丝，为什么？"

"我还没准备好。我害怕，害怕自己醒不过来，害怕手术失败，害怕会痛苦余生。我的意思是，我现在过得也不错，而且我们互相照顾，不是挺好的吗？"

"嗯，是的，大部分重活儿都是我干的——不过我认为你说得对。"

"我可以问你一个问题吗，加里？你第一次见到我时，想要博得我的好感吗？"

"绝对没有。我觉得你是个脾气暴躁的老太婆。"

"你看，这就是你需要吸取的教训。"

回到公寓后，我躺在床上，思考着如何交出U盘并归还手枪。

显而易见，交出U盘的唯一缺点是麦考伊、彼得森和他们的同伙将继续逍遥法外。无论好坏，我已经决定这不是我最关心的事。事实上，即使我把U盘交给当局，依然距离他们落网相差甚远，而且对我来说会有什么后果？很有可能我会遭遇和布兰登同样的命运。我打算把U盘交给他们。虽然艾米丽不会因此受到任何惩罚让我有些不快，但是时候放下这个女人了。

不管什么情况，我必须拿回那把刀。我不确定他们能如何利用它将我与布兰登的谋杀案联系在一起，但倘若我毁掉它，这种可能性就消失了。交出U盘是我唯一的机会。只要刀在他们手里，我的生活就将一直陷在泥潭中。有枪保护自己让我感觉安全，他们不会在见面时轻易压倒我并夺走U盘。

该打电话了。我安排在三十分钟后，在过去放置跷跷板的基座旁与他们见面。

我穿上了淡蓝色连帽衫，希望它能在会面中给我带来一种挑衅甚至是令人畏惧的气场。不幸的是，当我站在镜子前时，我发现自己看起来像一块长了脸的纸杯蛋糕。我决定穿回那身糟糕的西装，但我换上了运动鞋，这样一来如果需要逃跑的话，希望我能跑得快一些。我洗了两次脸，然后走进厨房泡了一杯茶。我发现牛奶喝完了，于是直接把茶倒进了水槽。我回到浴室，用电动剃须刀修剪耳边的毛发。镜子上沾满了旧水渍和不明污点，于是我用力哈气，扯下一些卫生纸尽可能地把镜子擦干净。我的运动鞋在脚背上有点紧，所以我重新绑了个双结以增加稳固性。我跑到厨房，测试鞋的舒适度，接着打开冰箱门检查里面的东西。

冰箱里有一块芭比贝尔奶酪、一罐吃了一半的桃子罐头（是我为格蕾丝准备的）、大半个番茄、一包辣椒酱、一盒人造黄油、一瓶花生酱和一只我给艾米丽买的杏仁可颂。这个可颂让我无比难过，于是我把它扔进了垃圾桶。接着我开始给自己做一份奶酪、花生酱和辣椒酱的三明治。我只剩下一片面包皮，只好把它铺在台面上，小心地切掉边皮。由于切的角度不对，结果弄得有一侧薄得像纸一样。我打开芭比贝尔奶酪，发现上面有两个蓝色的霉点，于是我放弃了三明治，从垃圾桶里把可颂捡了回来。一口下去，我发现嘴巴太干了，无法顺利咀嚼，只好又把它吐回了垃圾桶。随即我回到浴室。我需要上厕所。可悲的是，擦镜子的时候我把最后一卷卫生纸都用完了，现在只好在洗手池里清理自己。

冷静点儿。我一边对自己说，一边走回客厅，瘫坐在沙发上。过了几秒钟，我开始疯狂地擦拭大腿，后背也因出汗变得黏糊糊的。我站起来扒下外套，然后又坐下脱掉运动鞋。我伸开双腿，发现一只袜子在脚趾处破了一个洞。在外面的楼道墙上晾着一双干净的袜子，于是我走到外面把它取回来。我借机观察了一下游乐区的情况。四下无人，除了货车旁打电话的制服男。他发现我在看他，朝我竖起大拇指，并指了指他的下背部。显然，他对荨麻疗法的效果非常满意。我知道我的那套理论有点道理，并暗自许诺，如果有机会的话，我还要告诉他柳树皮的止痛功效。

　　回屋后，我换上新袜子，重新穿好运动鞋。感觉正合适：一双干净的袜子确实能带来这样的效果。我回到浴室，又洗了把脸，然后走进卧室，将被子铺平，把枕头拍松。我注意到床垫旁的地板上有一块茶水或啤酒的污渍，形状跟意大利版图如出一辙。我渴了，于是又走回厨房，一口气喝下一大杯水。我把最后几滴水抖进水槽，把杯子倒扣在排水架上。我看了一眼手机上的时钟，离约定的时间还有二十分钟。我滑到音乐应用，选择了《继续前进》。随着播放的音乐，我像个在烧烤派对上的父亲一样扭动着身体。

　　　　当你情绪低落时
　　　　宝贝，好好看看四周
　　　　我知道这不算什么，但没关系
　　　　无论如何我们会继续前进

　　这首歌跟我和艾米丽一起在车上听时的感觉完全不同。实际上，它完全没有带给我快乐。我关掉音乐，离开了公寓。
　　我坐在基座上环顾四周，游乐区依然空荡荡的。我能感觉到口袋里手枪的重量拉扯着我西装的肩膀。阳光明媚，我能听到佩卡姆主街上车流的声音，以及附近公园里孩子们的喊叫声。我把手垫在屁股下面，身体前后摇晃，祈祷这次 U 盘交易能让我摆脱眼下的折磨。

他们开着两辆车来了，汤米的红色宝马和一辆银色小型日本两厢车——都停在了游乐区的草地边。汤米停车后猛踩了一下油门，提醒我他们已经到了。彼得森和麦考伊从银色掀背车里下来，他们三人慢慢地走向我。当他们靠近时，我注意到汤米和麦考伊都是明显的罗圈腿，给这一刻增添了一点乡村和西部的色彩。我站起来迎接他们，同时把手放在外套口袋里，暗示我有武器，可能会对他们构成威胁。汤米也把手揣在他那件棕色麂皮飞行员夹克的口袋。

麦考伊率先开口："在儿童游乐场见你这种小浑蛋，真是太合适了，加里。你玩秋千了没，还是需要父母在场才敢冒这个险？"

"你是在挑衅吗？"我问。

"把 U 盘交出来。"彼得森说。

"我一拿到刀就会给你们。"

汤米把手在口袋里探了一下，我立刻把手掏出口袋，拿着枪直接对准他。汤米抽出手，冲我吼道："嘿，冷静点儿，兄弟，哈哈哈。刀在我口袋里，你要不要？"

"慢慢拿出来，一点儿一点儿地拿，好像它会咬你一样。我现在很紧张，所以动作快点，但还是要慢慢来。"我回答。

汤米嘲笑了我一下，然后照我的要求慢慢地行动。塑料管一点儿一点儿地从他的口袋里露出来。他把手里握着的管子递向麦考伊。

"我该给他吗，老大？你想让我怎么做？如果你愿意，我可以直接把他的头拧下来。"

"给他吧。"麦考伊回答道,"说实话,我已经厌倦看他那张脸了,越早解决这事越好。"

汤米把塑料管扔到我脚下。我弯腰捡起来,检查里面的东西。确实是从格罗夫酒馆拿走的那把刀,刀柄上还缺了一小块木头。事情似乎进展顺利。就在这时,拉苏突然出现在我脚边,依次嗅了嗅每个人的腿。

"嗨,加里。"

是格蕾丝,她正一瘸一拐地朝我们走过来。

"抱歉,拉苏需要出来遛遛。希望你不介意我加入你们?"

我想这事得由我来处理,于是回复说:"不介意,格蕾丝,我只是在和这些客户开会,他们对在游乐区开发房地产很感兴趣。"

"那我的拉苏到哪里去排便呢?你知道这里是他最喜欢的地方。"

"你好,亲爱的。"麦考伊说,"很高兴再次见到你。你还记得我帮你在公寓里找过那个弄丢的 U 盘吗?"

"嗯,我记得,我还记得加里跟我说过你很讨厌,是个浑蛋。你们不是想买这块地,而是在搞些见不得人的勾当。加里,要我报警吗?"

彼得森从外套的内兜里掏出他的警徽,朝格蕾丝展示了一下。

"没必要,女士,我是警察,我请你现在离开,因为我们在执行公务。"

"你想让我离开吗,加里?"

"是的,我没事,格蕾丝。不过有件事要麻烦你,能不能请你把这把刀和这个管子带回家,用漂白剂、百洁布、洗甲水——任何你能找到的东西把它们清洗干净?"

格蕾丝狐疑地看了我一眼,然后转向彼得森:"再给我看看那个警徽。"

他照做了。

"你不介意我清理那把刀吗?"她问彼得森。

"完全没问题。这和任何正在进行的调查无关,所以如果你能离开,那就太好了。"

"那我去办了,加里。我有一些含氨的玻璃清洁剂——应该能派上用场。还有记住,和警察打交道时,最好的建议就是缄口不言。"

我把塑料管递给格蕾丝,她慢慢地穿过草地回家了。我本以为汤米会追上去拿回刀,但他没有。拉苏留在我们这里,坐在了我的脚边,他抬头看着我,似乎在说,"别担心,孩子,我会照顾你的。"

"赶紧,加里,把 U 盘交出来。"麦考伊说。

我犹豫了。在交出 U 盘之前,有几件事我想弄清楚。

"你们已经撤销了对韦恩和德里克·摩尔的所有指控吗?"

"已经在处理了,加里。"彼得森说,"我们本来就没打算追究。那只是给他家人的一个温和的提醒,让他们规矩点儿。"

"你们毁了他的生活,你知道吗?"

"是他想毁了我们的生活,加里,那可不是什么好事,对吧?"彼得森回应道,"交出来吧,不然我就让汤米过来抢了。"

"我没带在身上,所以别费劲了。不过它就在附近,所以不用紧张。听着,在告诉你们它在哪儿之前,我想知道你们是怎么发现我有 U 盘并且藏起来了的。"

麦考伊向前迈了一步。

"你觉得我们是怎么知道的,加里?"

"我觉得你们把艾米丽安插进我的生活来监视我,然后她告诉了你们。"

"不完全对,加里。"麦考伊开始解释,"她确实帮了我们,但她自己并不知情。你还记得我们让汤米留在你公寓里找U盘的事吗?他当时趁机在客厅和卧室的插座里安装了简单的窃听设备。我们能听到你对艾米丽说的每一句话,你像个浑蛋一样喋喋不休:U盘和密码什么的。加里,听别人不想让我们听到的话是我们的工作。别沮丧,你绝不是第一个受害者。你是不是爱上她了?"

我望向汤米,他的脸上挂着令人不安的笑容。

"她现在在哪儿,汤米?"我问。

"在一个安全的地方。一个她不会惹麻烦的地方。我非常怀疑你再也见不到她了。你得把她从你的脑海中抹掉。"他回答。

"你和她还在一起吗?"

"不,我觉得她再也不会和任何人在一起了,特别是你。"汤米说。

"你打算揍我一顿吗?"

"是的,狠狠揍一顿,但我会等风头过去,你永远不会知道在哪儿,也永远不会知道什么时候,就像你朋友的父亲德里克·摩尔一样。"

"她是安全的吗?"我问。

"那要看这次交易了。"麦考伊说,"这么说吧,她是我们的保障,以防你要花招。把U盘交出来,还有密码。"

我把枪放回口袋,给麦考伊发了那家新奇袜子店的号码。

我指着过去放置跷跷板的基座边缘，指出U盘藏匿的确切位置。汤米走上前，跪下来从里面取出了U盘。

当他用手指在那儿戳来戳去摸索U盘时，我注意到他的工作靴鞋底上沾满了看起来像五彩纸屑的东西。一个愚蠢的念头闪过我的脑海：他是不是强迫艾米丽嫁给了他？麦考伊和彼得森是他们的伴娘。而艾米丽在戒指强行套上手指时泪流满面。真是荒唐。

汤米手里拿着U盘从草地上站起来。"带回办公室。"麦考伊指示道，"检查一下是不是真的。"

汤米又对我咧嘴一笑。

"后会有期，兄弟。我非常期待再次见到你，哈哈哈。"我看着汤米回到他的车里，驶离了这里。

"谢谢。"麦考伊说，"为了艾米丽的安全，希望它是真的。听着，你做了正确的事，只要我们再也听不到你的消息，而且你永远不会向任何人提起这些事情，你就会平安无事。汤米可能会揍你一顿，但你会活下来，我可以保证。"

"你不想要你的枪了吗？"

"哦，对。现在你觉得安全了吗？"

"嗯，格蕾丝就在上面的楼道看着我们，所以我觉得你不会做什么蠢事。"

我抬头看向楼道，格蕾丝朝我挥手，并用手指做出"闭嘴"的动作，然后她走回自己的公寓并关上了门。

"她更适合你。"彼得森说，"你需要的是一个妈妈，而不是女朋友。"

我把枪递给麦考伊，他立刻抬起枪，对准了我的脸。该死。

27

艾米丽

这里又黑又潮,我的脚冷得发抖。我敢肯定,不久之后我的脚趾就会掉下来。我正坐在一间约三点六米乘三米的房间的水泥地上。墙壁是砖砌的,唯一的门是一块厚重的金属板,没有任何把手。门旁边有一个桶,我猜是用来当作厕所的。我的屁股很麻烦,它似乎像海绵一样吸收着水泥地的寒气。寒气围绕着我的臀部旋转,不时沿着脊柱两侧猛冲上来。我真希望自己没有穿格蕾丝给我的这套绿色棉质西装。这身衣服唯一的保暖之处只有肩膀,因为那里有厚厚的垫肩。墙上装着一个水龙头,角落里有一个盛满了甜味和咸味零食条的塑料箱子。偶尔有一股冷风通过对面墙上高处的通气砖吹进房间。几缕微弱的光线透过砖缝照进来,但不足以驱散黑暗。如果让我猜,我会说我置身之处应该是一栋空置的维多利亚式独立房屋的地下室。我从未感觉到周围有人活动的声音。白天,我能听到持续不断的车流声和偶尔的警笛声。间或我会大声呼喊求助,但从没有人理会。这可不是对待女士的方式。

大约四个小时前,汤米把我带到了这里。他在加里的公寓抓住了我。我以为是格蕾丝在敲门，或者是加里从警察局早早回来了，但都不是，竟然是汤米，他怒火中烧却又表面平静。他命令我收拾好东西，跟他离开公寓。起初我拒绝了，但他眼中那种熟悉的空洞神情告诉我，如果我不服从，后果会很严重。

"这是你第二次这样对我了。第一次，我错误地原谅了你。"他说话时语气冷静而沉着，"但我保证这种事不会再发生。"

"你要做什么？绑架我，把我锁起来，直到我求你带我回去？"我问。

"是的，差不多吧，但我永远不会再带你回去。赶紧收拾好你的东西，跟我走。"

我收拾背包的时候，汤米站在卧室门口，居高临下地瞪着我。

"你从哪儿弄来的这套难看的衣服？"他问。

"隔壁那位好心的女士给我的。"我回答。

"什么，你现在成乞丐了吗？这套衣服让你看起来假惺惺的，毫不起眼。你就是毫不起眼。我他妈的恨你。"

我把《小蜜橘谜案》放进斜挎包，想着在事态发展过程中，书可能会给我带来一些慰藉。

他开车把我带到这里，一路上一言不发。我并没有特别害怕或焦虑。我以前多次见过他这种阴郁的情绪，这样的状态通常只会持续几天，偶尔会持续几周。我已经做出了选择，并打算坚持到底。我想这大概是汤米处理分手的方式。我欠他的，他有权这么做。车程大约持续了二十分钟，在整个过程中，汤米让我躺在后座上，用一件外套盖住了我的脸。

如果让我猜，我会说我们大概在布莱克希斯、刘易舍姆或锡登汉姆附近。我没有感觉到我们穿过河去了北岸。到达时，他给我戴上了一顶毛线帽,并把帽子拉到我的嘴巴以下。透过帽子的编织缝隙,我可以判断出我们绕到房子的后面,穿过两扇门,然后走下了一段水泥台阶,进入了地下室。

"把帽子摘下来。"汤米命令道。在黑暗中我几乎看不见他。"这是你的新家。希望你喜欢。你最好能花点儿时间认真想想你做了什么,以及你可能会面临的后果。"

"听着,汤米,我很抱歉,真的很抱歉,但是——"

"闭嘴吧,公主,我告诉你,不管你会遭遇什么,都比不上那个和你鬼混的浑蛋给你带来的伤害。亲爱的,我保证。"说完,他转身走了,"砰"的一声关上了那扇金属门。

在这种情况下,思绪会带你去往很奇怪的地方。首先,我开始在屋里来回踱步,测量它的面积。然后我绕着整个房间走了一圈,用手掌摩擦砖墙,试图找到一些特征或细节,以便在脑海中构建出这个地下室的轮廓。墙壁摸起来很潮湿,偶尔摸着摸着,会有一些小块的砂浆或石膏掉到地上。我拿起桶,仔细闻了闻它的塑料表面。我把桶倒扣过来,站在上面,想要检查通气砖,但它还是稍微超出了我的触及范围。我爬上水泥台阶,来到通往房子其他部分的门前,门锁得紧紧地,显然我不可能打得开,也找不到门把手或钥匙孔。我打开水龙头,把嘴贴上去喝了一口,起初水是冷的,但随后变得有些微温,带有一种金属味,这种味道似乎附着在了我的口腔和舌头上。我打开一包零食条咬了一口。我觉得里头可能有燕麦和蓝莓,但总体感觉就像在吃一块潮湿且被遗弃的石膏板。

我想不到接下来还能做什么,于是重新戴上毛线帽,坐回到水泥地上。我的尾骨几乎立刻开始疼痛。问题在于,为了搭配格蕾丝给我的那套西装,从公寓出来时我穿的是一双细高跟鞋。我的马丁靴在背包里，而背包在汤米的车上。我真希望现在它在我身边。由于穿着细高跟，我的脚又冷又痛，但如果我坐在水泥地上，几分钟内我的屁股就会喊疼。最后我只能在坐和站之间来回切换，双脚始终深深地塞在毛线帽里。

我试着揣测汤米的意图。或许这只是一个小小的惩罚，我将在这里受苦几个小时，最差可能是一两晚。也许这只是为了那桩U盘交易而采取的策略。他们把我关在这里，希望能迫使加里交出U盘。这种情况倒不让我特别担心，因为我相信加里会把U盘交给麦考伊，而我对他们来说也就没用了。最坏的情况是汤米想让我在这个地下室里腐烂至死，作为他最后的报复。我很快就排除了这种可能性。汤米仍然爱着我，他的最终目的是让我回到他身边，任他差遣。我只需要等待和观望。至少我还在向前迈进。虽然不一定快乐，但起码在过自己的生活。然后，我听到房子后门传来一声巨响。

28

"你在做什么？"我哀求道，发现自己此刻正盯着麦考伊的枪口。我本能地把双手举到脸前，希望它们能吸收子弹，只让手部受伤。

"我要毙了你，加里，作为你把 U 盘交给我，还把那个该死的亨利·霍尔斯沃斯带进我的生活的回报。你准备好了吗？"

我想要回应，但一个字都说不出来。在短暂的一瞬间，我脑海中浮现出艾米丽的脸，那是我们在海滨长椅上亲吻之前，她抬起头凝视着我的画面。我的双腿开始发软，跌倒在地。麦考伊调整了手臂的角度，枪口依然对着我的额头。我感到恶心，依旧找不到大脑里那个开口说话的开关。

"再见了，加里。"彼得森说，"别担心你的红颜知己，我们已经为她安排好了。"

麦考伊扣动了扳机。

我紧闭双眼，喃喃道："我爱你，妈妈。"尽管她已去世多年。

在黑暗中，我听到《生日快乐》歌的旋律，还有拉苏在我面前几米处吠叫的声音。我睁开眼睛。麦考伊仍然用枪指着我，但我没有听到枪声，也没有感觉到自己受了伤。麦考伊和彼得森在嘲笑我，从拉苏的表现来看，我觉得他也参与了这个玩笑。然后我意识到，旋律是由麦考伊手中的左轮手枪发出的。这是用于恶作剧或办公室派对搞笑的仿真玩具。我终于又找回了说话的能力。

"见鬼，麦考伊。我是说，什么情况？这是该拿来搞笑的吗？天哪，你到底怎么了？"

然后，一切都突然变得混乱不堪。

就在游乐区的另一侧，我听到两三个男人大声喊道："把枪放下！放下枪，趴在地上！"

我转过头，看见制服男和两名全副武装的警察正向我们奔来。

"把枪放下，趴在地上！"他们再次命令道。

麦考伊把枪扔出去，慢慢地跪了下来。彼得森则一动不动，双手举过头顶。我翻身趴下，尽量让自己紧贴在地面上。拉苏跑到那支还在播放《生日快乐》歌的仿真枪旁边，对着它狂吠，仿佛那是把实现狂野梦想的钥匙。

制服男踢了我一脚，让我起来。我从地上爬起来，看见彼得森和麦考伊正被那两名武装警官铐上手铐。彼得森平静地宣称："我是刘易舍姆重案组的彼得森督察。你们正在危及一项进行中的调查。"

"你不是警察。"制服男宣布，"你是个他妈的耻辱，没错。"

一名武装警察向他们两人宣读了他们的权利。彼得森看起来很受挫，而麦考伊则仍然表现得很强硬，他对制服男说："你搞砸了，孩子。这会让你丢掉工作。"

我转向制服男，建议道："问问他是在挑衅吗？"

他似乎觉得这个主意挺有趣。"这是挑衅吗，麦考伊？"

"不，这是承诺。"麦考伊回答。

几辆有标志的警车驶进旁边的小路，武装警察带着彼得森和麦考伊离开游乐区，朝警车走去。我将双手伸到面前，等着被铐上手铐。

"不用这样，加里。"制服男说，"我们之前虽然见过，但我从没正式介绍过自己。我是苏格兰场反腐部门的马克斯警长。我们已经调查彼得森的小组和麦考伊好几个月了。你朋友布兰登的死将整个事情推到了高潮。坦白说，加里，你对这次调查非常有帮助。我们不会逮捕你，但希望你能全力配合我们的调查。"

"当然。"我答道。

"好小子，那么告诉我，U盘到底在哪儿？"

"天哪，你们也要U盘。你们怎么知道这件事的？"

"过去六个月里我们一直在监听麦考伊的办公室。这就是我们的工作：监听别人的谈话。上次你在他办公室时，我们差点儿强行介入，但你自己平安脱身了，所以我们决定再看看事情如何发展。很高兴我们这么做了。那么，U盘呢，加里，它在哪儿？"

"我以为你们看见了。他们把它交给汤米带回办公室了。"

马克斯警长从他的后兜里拿出一台警用无线电，将这些信息传递给了他的同事。

"听着，加里，你为什么不回家休息一下？我们需要和你详细谈谈，但可以等到明天。去吧，滚蛋，把那条狗带上。"

"所以我可以走了？"

"暂时可以。"

"你的背怎么样了？"

"多亏了你，还不错。我每次发作时都会用荨麻，似乎很有效。"

我想建议他嚼一些柳树皮来缓解荨麻带来的疼痛，但最终还是作罢。突然间，我非常希望让制服男喜欢我。我走回公寓，依然对刚才发生的事心有余悸，但也有些兴奋，因为一切似乎都在朝着对我有利的方向发展。等马克斯和他的团队拿到那个U盘后，麦考伊、汤米和彼得森的末日就到了。我将不再有任何恐惧。

格蕾丝在她公寓外的楼道上等着我。她一直在观察事情进展。

"看起来真是太刺激了。我其实没弄明白发生了什么。你还好吗？你有没有保持沉默？"

"我认为现在已经没必要了。他们是真正的警察，我觉得他们站在我这边。他们似乎知道我只是个无辜的倒霉蛋。"

"他们做得没错。哦，对不起，加里，我还没清洗那把刀呢。我现在去弄好吗？"

"不需要了。警察知道那是麦考伊他们想用来栽赃我的工具。我猜警方会想要这个，从现在开始我会一切按规矩办事。你介意我去躺一会儿吗？我需要好好想一想，把思绪理顺。"

"也许你应该泡个澡，再喝一杯热肉汤。液态牛肉是强效的提神剂。"

"不了，我想把泡澡和喝肉汤留到我心情好转、不再绝望的时候。"

回到公寓后，我立刻把客厅里的插座盖子拆下来，检查是否有窃听装置。我不太清楚自己具体应该找什么，但一拿下盖子就能明显看出这不是一个标准的家用插座。里面有一个方枘圆凿的小型电子装置，带有 SIM 卡槽，看起来非常先进。麦考伊说的是真的；艾米丽并不是有意在为他们工作。

我需要见到她，为我那些肮脏的猜疑请求她的原谅。我想确认她是安全的。我必须找到她。我的第一反应是她可能在麦考伊的办公室或沃尔沃思的汤米家里。我拿起车钥匙，冲出公寓，跑下楼梯，直奔停车场。马克斯警长不见了，但他的移动维修车还停在那里。我直接开车去了艾米丽在格兰奇住宅区的公寓。汤米的宝马不在，于是我冒险爬上楼梯，来到她公寓的前门。我用力敲门，并通过信箱大声喊她的名字，但没有回应。我回到车前，靠在引擎盖上，希望能想出她可能在什么地方。就在这时，一只松鼠出现在我车旁的樱花树下，用后腿站立起来和我交谈。"哇，看看你，老兄，迷茫又焦虑。你有什么需要解决的难题吗？"我代表他问道。

"嗯，实际上是个大难题。我觉得汤米把我的女朋友带走了，并且强行把她关在了某个地方。"

"'女朋友'，是吗？正式的，还是只是幻想？"

"问得好。不算正式的，至少暂时还不是。"

"你说她是被强迫的？你有没有想过她可能愿意待在那儿？"

"根据我听到的信息，她应该是不愿意的。这就是我的难题；但除非找到她，否则我也不知道。"

"为什么不让警察处理呢？让他们去调查。你有没有想过他们比你更适合这项工作？"

"是的，他们可能已经找到她了，但这并不意味着我不应该去试试。在确定她的情况之前，我真的无法安心。"

"我认为你更应该去休息，老兄，顺其自然。你有没有想过，很多事情你越做越糟？"

"是的，我知道，但一定有我能做的吧？"

"你为什么会得出这个结论？我们都知道你是个无可救药的小人物，为什么你看不清这一点？"

"这有些过分了。我能问你个问题吗？"

"我又阻止不了。毕竟我们的关系是这样，你是掌控局面的人。"

"好。那你告诉我：为什么人们总是可以随意对我出言不逊，把我当成软柿子？"

"很简单。因为你太渴望别人喜欢你了，这一切都写在脸上，也渗透在你为人处世的方方面面。大家知道那么做不会有什么后果；你会像海绵一样吸收一切。你应该考虑不再为此感到难过。这是你的选择；你应该对它负责。如果情况对你不利，那就考虑一下如何成熟起来。"

这时，松鼠把它的前爪放到地上，然后又抬了起来，恢复到可爱的后腿站立姿势。我注意到他的前爪上粘着几片樱花，他用脸颊擦拭前爪把它们弄掉了。这些花瓣看起来就像五彩纸屑。这让我立刻猜到他们藏匿艾米丽的地方。

"我想我知道她在哪儿了。"我喊道。

"那就告诉警察吧，你这个大鼻子的小丑。"

"你想挨一脚吗？"我反问。

"这才像话。祝你找到她。"

我向他挥手告别，跳进车里，朝锡登汉姆的方向驶去。经过坎伯韦尔时，我看到城畔调查公司的办公室外停着几辆警车，还聚集了一小群好奇的围观者。也许他们已经抓住了汤米，也可能找到了艾米丽。但直觉驱使我继续执行这场难以置信的营救任务。

不到十分钟，我就抵达了布兰登的房子，并且走进大门。门在我身后"砰"的一声关上，发出金属撞击的声音，大概已经彻底断绝了我想要不为人知地到来的机会。前门上贴着警察的封条。我开始怀疑汤米是否真的有胆量把艾米丽带到这里，毕竟这里最近刚被警方搜查过，况且肯定还是调查的一部分。不过话说回来，布兰登并不是在这里被杀的，而且这个地方显然已经被搜查和处理过了。也许反而是藏匿的最佳地点。通往房子后面的道路上仍然铺满了樱花瓣，某些地方厚达二点五厘米。后门也封了，但封条已经被移除并丢弃在小路上。我敲了几下门，没有回应，接着我听到从左下方传来一阵模糊的女声。

"喂！喂！外面有人吗？"

我的心一紧，我听出那是艾米丽的声音。

"嗨？艾米丽？是你吗？你能听到吗？是我，加里。你还好吗？"

她的回答清晰了很多："你得赶紧把我从这里弄出去，快点儿！"

我能感觉到她的声音从小混凝土露台上方的一个通气砖里面传出来。我跪下身，告诉她走到后门这边。

"我过不去。"她回答，"我在该死的地下室。你得进来，看看能不能打开地下室的门。"

"我没有钥匙，艾米丽。"

"那就砸碎窗户，或者把该死的门撞开。"

"你还好吗？你还没回答我的问题。"

"我很好。我给我的脚戴了个毛线帽。拜托，快把我弄出去！"

我拿起一个大陶土花盆，砸向后门的圆形玻璃。花盆摔落在地,裂成许多碎片,撞击时也在玻璃上留下了一道明显的裂缝。我试图用手肘砸开玻璃,但对自己的力量没有足够信心。我环顾小花园,寻找可以用来完成这项任务的东西,目光落在了后院篱笆前面一根高高的鸟食器上。那是一根细长的金属杆,上面有小树枝用于悬挂鸟食。我在地上转动它,草坪下面十几厘米的部分很快就松动了。我得到了一根对鸟类友好的长矛兼标枪,并用它的尖端砸碎了门上剩余的玻璃。我伸手进去,打开锁闩。这里通向一条走廊,左边是厨房。我知道艾米丽就在厨房正下方,但快速检查后发现厨房里没有通往地下室的门。我继续沿着走廊往里走,看到第一段楼梯下方有一扇门。门口被一根放置在两个直立金属支架之间的大金属杆锁住。艾米丽在门的另一侧大声呼喊。

"我在这里!我在这里!"

我向上踢了一下那根金属杆,杆子轻松脱离了固定处。我推开门,看到艾米丽站在那儿,依然穿着格蕾丝的绿色套装,一如既往地那么迷人。她张开双臂,给了我一个成年人的拥抱。

"谢谢你,加里,太感谢了。天哪,我的脚都快冻僵了。"

"谁把你关在这里的?是汤米吗?"

"是的,我不知道他打算对我做什么,但我觉得我们得赶紧离开,万一他回来怎么办?"

"不过你还好吧?"

"当然,除了该死的脚。"

我抱紧她,尽量保持在合适的力度,并没有像我想的那样紧。

"我知道不是你。"我说。

"你在说什么?"

"不是你告诉的麦考伊,我有那个U盘并把它藏了起来。"

"你为什么会这么想?"

"我不知道,但我确实这么想过,我错了,我爱你。"

"不,你不爱我。"

"嗯,也许不是那种爱,但你明白我的意思。"

"当然,我懂。好了,快走吧。"

她领我沿着短短的走廊走向后门。我们刚踏出花园,就看到汤米正从房子侧面的小道走过来。我们被困住了;唯一的出口被他庞大的身躯挡住了。

"糟了。"我低语。

"汤米,滚开。"艾米丽大喊。

"哦,我的天哪,你俩都在,今天肯定是我的幸运日,哈哈哈。"他回应道。

我们对视了几秒钟。我感觉到艾米丽退回到了身后的屋子里。

"这是在挑衅吗,汤米?"我问。

"哦,小子,你开始反击了?终于找到胆子了,是吗?你觉得你有机会吗,矮子?哈哈哈!"汤米的脸上露出了那种毫无生气的笑容。我从地上捡起了鸟食器长矛。

"告诉我,汤米,是你杀了布兰登吗?"我问。

"是的,当然是我。这是我的工作,那又怎么样?"他回答,好像在谈论的只是一份比萨订单。

"为什么?"我问。

"因为这是命令。现在闭上你那张嘴,像我说的,你觉得你有机会吗,矮子?"

艾米丽从后门出来,手里握着刚才地下室门上的金属杆。

她代表我俩回答道：

"是的，汤米，我们觉得我们有机会。"

"随时奉陪。"我补充道。我没有出汗，我的恐惧早已超过了那个程度。也许我的内脏在出汗，因为我感觉自己的身体里像装满了果冻一样。

汤米慢慢朝我们走来。我把鸟食架长矛的尖端指向他，艾米丽则将金属杆举过肩膀。

"麦考伊和彼得森已经被逮捕了。警察监视你们好几个月了。"我冲着汤米冲口而出，"我已经告诉警方艾米丽在这里。"我撒谎道，"他们很快就会到。你最好赶紧滚蛋，汤米，这是你最好的选择。"

"我不这么认为。"他回答。

他每迈进一步，我的勇气就消退一分。现在他离长矛尖端越来越近了。这是最后的机会，但遗憾的是我做不到。汤米用一只手抓住矛杆，猛地用力将它从我手中夺了出来，然后将尖端指向艾米丽的脸。

"去前面我的车里等我。"他对艾米丽命令道。

"没门。"她回答，同时抬起金属杆，高高举过头顶，更加坚定地表明她的决心。

"听话，艾米丽。"他说，"你可不想目睹我将要对这个可怜的蠢货做什么。"

"没门，绝对不可能。"艾米丽说。

"快去。"汤米说，"你知道，逼我出手可不会有好下场。"

"汤米，结束了，我们完了。你走吧，祸害别人去。"艾米丽平静而坚定地回答。

"这就是问题所在。"汤米说，"像你这样的女孩不多了，我们生活在一个奇怪的时代。你不觉得吗，加里？"

我一时无言以对。他把矛放下，让尖端落在草坪上。

"所以，我亲爱的艾米丽，你选他而不选我，是吗？我认为这将是一个严重的错误。"

"我告诉你什么才是严重的错误。"艾米丽说，"如果我做出任何暗示，表明我会回到你身边，那才是真正的错误。我恨你，恨你的脸，恨你那满是痘疤的光头，恨你和我说话的态度，恨你对待我的方式。你知道吗？坐在那个地下室里，我都感觉比和你在一起时更加自由。你让我恶心，直到遇见加里我才明白什么是真正的伴侣。我永远不想再见到你——永远！"

我看到汤米脸颊微微抽动，这番长篇大论伤害了他。我感觉空气中发生了剧变。

"既然这是你想要的，那我就满足你，亲爱的。"说完，他猛地抬起长矛的尖端，直接刺进艾米丽赤裸的脚背。她痛苦地尖叫，跌倒在地，长矛仍然插在她的脚里，她躺在草地上，痛苦和困惑交织在一起。我立刻弯下身去安慰她，但就在这时，汤米扑过来，把我按在地上。他骑在我的胸口，用膝盖压住我的手臂。我能听到艾米丽在后门那边抽泣，呼吸急促。他那张巨大的中世纪面孔正低垂在我上方，充满了怒火和仇恨。

"该死，汤米，你在干什么？"我恳求道。

作为回应，他朝我的鼻子狠狠地打了一拳。

"去死。"他说，接着又打了我好几拳，每一拳都伴随着愈加愤怒的"去死"。我能感觉到血从我的鼻子流下来，顺着脸颊滑落。我的嘴唇被打得稀烂，嘴里满是血腥味。他停下来，用一只手捏住我嘴巴的两侧，让我的嘴唇噘成一个八字形。我注意到他另一只手里握着一把刀，刀尖离我的脸颊只有几厘米。

我说不出话来。恐惧再次让我哑口无言。

"来吧，加里。在解决你之前，让我们来唱首歌吧。"他说。我听到艾米丽发出一声惊叫，随即又是一声痛苦的惨叫。"来吧，一起唱。这是告别的绝佳方式。"汤米说完，开始唱起国歌：上帝保佑女王，愿彼万寿无疆，天佑女王。

"来啊，加里。帮个忙。大家都喜欢这段。"汤米命令道，同时松开了紧紧抓着我嘴巴的手，开始把刀尖逼近我的脖子。我直视他的眼睛，带着不屈的神情，默默地乞求不管他打算做什么，快点结束这一切。他提高了唱歌的音量：啦啦啦啦，常胜利，沐荣光；孚民望，心欢畅。

我看到他身后闪过一抹绿色，紧接着艾米丽的脸出现了。然后，这位绿衣女神爆发出一股力量，将金属杆猛然砸向汤米的后颈。

他身体向前倒在我身上，我感受到他那沉重的身体压住了我的脸和胸口。我勉强将他稍微推开，从他身下爬了出来。我站在草坪上，喘着粗气，不知道该继续对付他，还是先去照顾艾米丽。他闭着眼睛，胸口似乎在急促地起伏。艾米丽再次跌坐在地，我看到她脚背上的大洞流血不止。我跑进厨房，抓起一条茶巾，紧紧地绑在她的脚上，试图止血。那条茶巾上印满了鲜艳的卡通袜子的图案。

"该死，艾米丽。你还好吗？看起来很严重……"

她没有回答，只发出压抑的呜咽。我听到汤米急促地喘了一口气，然后看到他缓缓把一只手移到胸口。在他苏醒之前，我必须把她带离这里。我迅速打好茶巾上的结，把她抱了起来。

"把她放下。"汤米说。

我望向他，发现他正从草地上挣扎着爬起来，手里拿着一把枪，直直地指向我。

"把她放下。"他重复道，"我们可不想误伤她，是吧？"

我依照他说的，把艾米丽轻轻地放回草地上。他手里的枪看起来和麦考伊办公室里的那把一模一样。"那不是真枪，汤米。算了，咱们给艾米丽叫辆救护车吧。她伤得很重。"

"你是想让我毙了你，还是毙了艾米丽？你来选。我他妈的无所谓。"他说话的语气表明他真的完全不在乎。我仔细观察着那把枪，开始怀疑它和麦考伊的那把不一样。它看起来更大，表面有着不同的光泽。我可能真的处于危险之中。

"或许你谁也不要毙，汤米？"我试探着说。

"这倒是个选项，但我不喜欢。来吧，如果你必须选择，你会选谁？"

"射我吧，汤米。"我说，"来吧，射我，看看结果会如何。我跟你说，要不那之后你直接自杀，然后让艾米丽过上你从未让她拥有的生活？"

我听到不远处有警用直升机的声音，还有警车的鸣笛声。我看得出，汤米也听到了，他抬头看了看天空。

"谢谢你，加里，这让我下定了决心。"他一边说，一边慢慢调整手枪的角度，直接对准了艾米丽。艾米丽的眼睛瞪得大大的，努力理解着周围发生的一切。

我看到汤米的表情变化，他内心的犹豫完全消失了。他紧握着扳机。我上前一步，扑到艾米丽身上，用身体挡住她，避免她被子弹击中。压在她身上时，我听到响起了两声枪响，接着是一片寂静。我的大脑在努力判断我有没有中枪。我没有感觉到任何疼痛，于是抬起身子检查艾米丽是否中枪。我瞥向汤米，想确认他不会再次开枪，却看到他平躺在草坪上。他左眼周围的脸上缺了一大块,眼球悬挂在眼眶外面。他开枪自杀了。

我再次转向艾米丽,她发出压抑的痛苦呻吟。她平躺着,捂着自己的右臀部。我轻轻地把她的手移到一边,但没有看到明显的伤口。我抓起她的棕色挎包,把它从她的臀部拉开。包靠近她臀部的一侧有血迹,而另一侧有一个子弹穿入的洞口。包里有一本书,我看到子弹穿过书页射入了艾米丽的臀部。虽然血不多,但毫无疑问艾米丽中弹了。

"趴下!双手放在背后!"

是一名持枪警察,枪口正对着我。

"你们两个!趴下!双手放在背后!"

我松开艾米丽,照他的话趴了下去。

"她中弹了,臀部中枪。他先是开枪打了她,然后又自杀了。快救救她!"我大喊,同时感受到冰冷坚硬的手铐扣在我的手腕上。我被警察从地上拉起来,发现对面正是刚刚走进花园的马克斯警长,他身上还穿着工作服。

"你他妈的在这里干什么?"他吼道,"我不是叫你待在公寓里吗?"

我哭了出来,简直被这疯狂的一切吓得崩溃。我听到艾米丽在痛苦地抽泣着。

"谢谢你。"我对他说,"真的太感谢了。"

我听到救护车的鸣笛声越来越近。

马克斯安慰地把手放在我的肩膀上。"她的脚伤得很严重,你的脸也一团糟。"他说,"不过我相信你们俩都会没事的,庆幸他没有杀了你们俩吧。"

一名穿制服的警察跪在汤米旁边,翻找他的口袋,随即举起一个黄色的小装置。

"是这个吗？"他大声问马克斯警长，马克斯则看向我以求确认。

"没错，就是它。"我嘟囔着，"它有密码保护，但我可以把密码告诉你——在我的手机上。"

急救人员赶到并对艾米丽进行了处理。其中一位急救人员向马克斯警长确认汤米已经死亡。他们解开了我的手铐，我被带到救护车上，一名急救员检查了我一番，开始清理我脸上的血迹。不久之后，艾米丽被担架抬上救护车，我们一起前往医院。一路上我握着她的手，大约十分钟后，她的脸上露出了一丝微笑。

"有没有人告诉过你，你真是个彻头彻尾的浑蛋？"她问。

"有趣的是，真有。事实上，过去一个星期我遇到的所有人几乎都这么说。"我回答。

艾米丽微微抬起头，确认急救员没有在听，便压低声音说道："你知道那个U盘吗？我刚在想，里面或许提到了我的名字。我确实帮汤米做过几次任务，我可能会有麻烦。"

"别担心，里面没提到你。"

"你怎么知道？"

"我就是知道。放心吧。"

由于她注射了大量止痛药，很难判断她有没有听懂这段对话，但她继续说道："我是不是中弹了？在臀部吗？伤得严重吗？"

"如果没有那本书挡着的话，可能会严重得多。"

"什么书？"

"《小蜜橘谜案》——它救了你的命。"

她又笑了起来，问："你真的宁愿他射你而不是我吗？"

"老实说，我当时以为那不是真枪，所以我那么说只是为了让你觉得我很英勇。"

"我不信。"她回答。

她把嘴唇凑过来要吻我,但还没等到我回应,她就已经睡着了。

后　记

　　在后花园枪击案发生大约六个月后，我结束了与马克斯警长和反腐小组的最后一次会面。他们不会对我提出任何指控，但如果需要，我将出庭做证。目前，来自伦敦南部各警察局的十一名警官和城畔调查公司的三名员工被还押候审，他们面临的指控包括妨碍司法公正、意图谋杀等。马克斯警长希望麦考伊和彼得森每人至少被判二十年监禁。布兰登的文件成了压倒他们的最后一根稻草。艾米丽没有被指控。我陪她参加了两次警方的问讯，并确保她对所有问题都保持"无可奉告"。从他们的问题来看，显然他们对她替麦考伊和汤米完成的几项任务一无所知。

　　为了庆祝这个 U 盘噩梦的结束，艾米丽提议我、格蕾丝、拉苏和她一起开车去布莱顿，享受一天的海边时光。仿佛命中注定，我们最终坐在了艾米丽最喜欢的长椅上，眺望着灰蓝色的英吉利海峡。我们每人都拿着一个冰激凌甜筒——就是机器一拉杆就会出来的那种冰激凌。阳光明媚，海鸥们在为移民问题争论不休，海滨大道上弥漫着热辣椒和海贝壳水汽的味道。我感到很幸福，我想我们大家都是。艾米丽已经有几个月没有提起汤米和后花园枪击案了。

"我和妈妈聊过了。"她宣布道,"爸爸在遗嘱里把旅馆留给了妈妈,并且表示希望我能接手管理。妈妈说她对此没有意见。这可能是他最后一次试图和解,或者是他从坟墓里对我施加的最后的惩罚。"

"对你有吸引力吗?"格蕾丝问,"这里确实很美,比该死的佩卡姆好得多。"

"嗯,我真心觉得我可以把这个地方经营好——把它变得更加现代化,吸引一些年轻人,给整个地方注入新活力。我有很多想法,这可能是一个绝佳的机会。现在术后的痛感几乎没有了,我觉得我已经准备好迎接挑战了。"

"你应该去做。"格蕾丝说,"毫无疑问。甚至不要犹豫,直接说'是',然后开始新的冒险。我总是跟他说,只有离开舒适区,你才真正开始生活。"

"你会来帮我经营这个地方吗?"艾米丽问我。我恨不得马上答应下来,但觉得最好矜持一些。"那我的工作怎么办?"我问。

"你又不喜欢你的工作。"艾米丽说。

"你又不喜欢你的工作。"格蕾丝说。

"也许是这样,但薪水还不错,能让我们维持生计。"

"明明薪水很低,而且你完全可以在这里找到一份法律工作。"艾米丽说。

"她说得对。这里的法律工作有很多。"格蕾丝说,"你可以感受到法律机会在你的骨子里流动。"

"也许是,也许不是。"我答道,"即便如此,我觉得我不能丢下格蕾丝,让她一个人待在那个住宅区。我们互相依赖,这样对她不公平。"

"格蕾丝也可以搬过来。她可以负责IT，更新系统。"艾米丽说。

"系统需要更新，加里，这是生活的铁律。"格蕾丝补充道。

"你真的愿意搬来这里吗，格蕾丝？"我问她。

"毫不迟疑。"她回答说，"你知道吗？我女儿就住在几公里外的卢维斯。也许你可以帮我联系上我的外孙女——哦，我还可以在这儿做髋关节手术。多么美好的康复地啊……"

我感觉自己被夹击了。

"我还以为你很享受在佩卡姆的生活呢。"我对艾米丽说，"我们一起合租公寓，和韦恩在咖啡馆工作，去格罗夫喝酒，周末逛集市……"

"我确实很享受，但那是你的生活，加里。我有时感觉自己只是附着在你身上，享受着这趟旅程，直到我们精疲力竭。"艾米丽回答道，脸上露出意外的认真神情。

"这就是他和前女友们之间总是发生的情况。他多次向我承认过这一点。"格蕾丝补充道，带着一丝自鸣得意的神态。

"这会是我们一起的生活，加里，一次伟大的冒险，充满各种可能性。"

"是的，可能我们会破产，最后像这些海鸥一样在街上觅食。"

"那又怎样？它们看起来很快乐啊。"艾米丽说。

"你们两个是不是背着我讨论过这件事？"

"没有。"她们异口同声地回答。

谈话暂时告一段落，我们各自吃着冰激凌。的确，有很多需要思考的事情。最终，艾米丽打破了沉默。

"格蕾丝，你还在为我弄坏了你的套装而生气吗？"

"别傻了。"格蕾丝回答说,"我从来没有生过你的气。"她用甜筒指着我继续说:"都是他的错。他本有机会解决那个家伙的,他就是个胆小鬼。"

"他就是。"艾米丽附和道。

她们俩都笑了。拉苏摇着尾巴,似乎是想用力把自己推向未来。

致　谢

　　感谢我的编辑霍莉·哈里斯，感谢她的大力支持、宝贵反馈和暖心鼓励。

　　感谢我的儿子哈利，感谢他为这本书设计了封面。他是第一个阅读初稿的人，并提出了许多关键的不足之处及改进方法。当我需要从艾米丽、格蕾丝和加里的故事中抽身时，他也愿意陪我一起在电视前看几个小时的足球比赛。

　　感谢我的老朋友查理·希格森，他给我提供了一份关于书中故事缺陷的详尽清单。我采纳了其中大部分的意见。他真是个无与伦比的好朋友，我很爱他。

　　感谢丽莎·克拉克和我的兄弟西蒙，他们都抽出时间阅读了早期草稿，并给予了我足够的赞赏，让我继续这个项目。

　　感谢我的妻子丽莎，感谢她井井有条的各项安排。

　　最重要的是，感谢并告别我的朋友和知己梅维斯，她在我完成这本书时永远地离开了我。我每天都很想念你。

The Satsuma Complex
Copyright © Bob Mortimer 2022
First published in Great Britain by Gallery Books, an imprint of Simon & Schuster UK Ltd., 2022
Simplified Chinese edition copyright: 2025 New Star Press Co., Ltd.
All rights reserved.
著作权合同登记号：01-2025-1399

图书在版编目（CIP）数据

小蜜橘谜案 /（英）鲍勃·莫蒂默著；高喻鑫译 .
北京：新星出版社, 2025. 4. — ISBN 978-7-5133-5909-2

Ⅰ . I561.45

中国国家版本馆 CIP 数据核字第 2025LH0211 号

午夜文库
m
谢刚 主持

小蜜橘谜案

[英] 鲍勃·莫蒂默 著；高喻鑫 译

责任编辑	曹晓雅
责任校对	刘 义
责任印制	李珊珊
装帧设计	hanagin

出 版 人	马汝军
出版发行	新星出版社
	（北京市西城区车公庄大街丙 3 号楼 8001　100044）
网　　址	www.newstarpress.com
法律顾问	北京市岳成律师事务所
印　　刷	北京汇瑞嘉合文化发展有限公司
开　　本	910mm×1230mm　1/32
印　　张	7.875
字　　数	183 千字
版　　次	2025 年 4 月第 1 版　2025 年 4 月第 1 次印刷
书　　号	ISBN 978-7-5133-5909-2
定　　价	59.00 元

版权专有，侵权必究。如有印装错误，请与出版社联系。
总机：010-88310888　传真：010-65270449　销售中心：010-88310811